U0520975

谜托邦
MYSTOPIA

华文推理新大陆
推理迷的乌托邦

无名之猫

塘 慢 拟 鸡
　　　南
丁 芥 三 璜 著

目录

1　无名之猫 / 拟南芥

55　小雪与柴郡的密室 / 塘璜

109　猫的报仇 / 慢三

169　猫　脸 / 鸡丁

无名之猫

拟南芥

1. 归乡

我回到了阔别五十一年的老宅,望着萧索的院子,只觉得漂泊大半生的灵魂终于要落地了。

我在这里出生,度过无忧无虑的童年,和同伴遭遇可怕的事故;十三岁时因父亲工作调动搬家;改革开放后,家中联系到海外关系把我送出了国。老宅交由一位孤寡的远亲照看,远亲两年前去世。其余亲戚联系到我,我才知道老宅一直都在,它鬼使神差般逃过了数次拆迁潮,仿佛是在等我回去一样。

尽管我只有六分之一的人生是在这里度过的,但对我而言,勉强能称为家的地方只剩下这里了。

每个人的命运都是一个环,终点总归要回到原点。

虽然有老房子的霉味,但我已经请人提前清理过,也购入了生活用品,可以满足居住的需求。

黄昏，镇子比儿时印象里冷清得多，从前吃过晚饭，大家都在聚在空地上聊天，现在则没有这种气氛了。再者说，五十多年的岁月足够带走大部分我熟悉的人。

经过拐角，我看到一个老人，他与我同岁，如鬼魅一般站在巷子底。他紧紧地蜷缩着瘦削的身体，看到我，便慢慢向我走来，一边走一边发出一阵阵咳嗽声。

借着路灯光，我看清了他的脸，瘦弱而苍白的面孔扭曲变形，嘴角流出一股白色的沫子，顺着下巴淌落到胸前，将衣襟沾湿。他认出我来后，无神的眼睛里多出一分疯狂到难以言喻的欣喜。

"是你，我终于等到你了，你能救我们！"他抓住了我的手。

很快，就有个年轻人跑过来："表舅公，快把人家放开，你认错人了。"

那老人眼里的光暗下去，又变为浑浊的一片："认，认错了？"

"你认错了。来，乖乖把手松开。"

老人依言慢慢松开了我。

年轻人又向我道歉道:"我表舅公脑子不太清楚,喜欢抓住路人,说些胡话,对不起。"

"是只抓老人吧?何家栋是你表舅公?"

"何家栋?"年轻人回忆了下才回道,"是我表舅公的名字。您认识他?"

何止是认识,我们曾是亲密无间的同伴。他和我一样都是那场事故的幸存者。

我问道:"他的毛病一直没有好吗?"

"从我记事时起表舅公就是这副样子,听说是娘胎里带出来的病。"

我看着何家栋呆滞的脸,摇了摇头:"不是胎里的病,是十一岁时遭遇了事故,他本来是我们这代人中最勇敢最聪明的一个。"我想在这张苍老的脸上找到那个脸颊红扑扑的圆脸男孩的痕迹,可读出最多的是生活对他的折磨。

"你们住在哪儿?我有空了再去拜访。"

"卖鱼桥竹篓弄东六号。"

就在我老宅边上,只隔了两条街。我要多去见他。

与何家栋分别后,我早早上了床,年老觉少,屋子里安静得吓人,不是一点声音都无的安静,而是能听到角落昆虫爬行、老鼠磨牙的那种安静,以至于我想在闲时去抱养一只猫。

到了深夜,我仍无法安睡,难以遏制地回忆起童年。

我和何家栋、李继红、陈钢四人年龄相近,整日聚在一起玩耍,宛如兄弟姐妹一样。我们肆意胡闹,我脑海中欢乐的回忆都少不了他们的面庞。我似乎还忘了什么,但记不起来。我记得陈钢父亲在水泵厂上班,他父亲从厂里拿了一块很大的磁铁。我们用这块磁铁到处去搜罗废铁,系上绳子去井里、河里吸别人无意中掉落的剪子、铁钳。如果实在找不到铁丝、铁片,我们就会在河边或者马路上吸含铁的砂子。这个回收价最低,我们攒一堆送去回收站,只能换几个钢镚儿。

我还记得有一次我们在路边吸铁砂,有一辆车撞伤了一只狸花猫。我们一起救治了它,把它抱去一间旧屋的屋檐下，放进了纸壳箱里。何家栋从家里偷出了云南白药，给它上了药，给它送吃食和清水，直到它伤愈。

这算是一件好事，我们一起做过一些好事、很多坏事。

有个夏夜，我们结伴去什么地方玩。结果，李继红、陈钢死了；我昏迷了整整一个星期；何家栋昏了一天，醒来后便傻了，只会喊着要找什么白发老人。

不是我不愿意想起这桩可怕的事故是如何发生的，而是我只知道结果，对起因和过程完全没有印象。有人说我们去了废墟吸入了瘴气，有人说我们遇到了拐卖孩子的坏人。可我什么都想不起来。我会和父亲一起离开，同这件事也有关。我作为唯一完好无损的幸存者，受不了遇难者家属投过来的目光，也许他们没有恶意，但我总觉得那目光烧灼着我。我可以想办法无视他们的目光，但有一道目光是我避不开的，因为那道目光来自我自己。

年轻时，我曾想方设法追寻这段遗失的记忆。心理医生告诉我,我受到了严重的精神刺激和创伤。为了保护我的心灵,大脑选择性屏蔽了那段经历,我并不是真的把这些事情忘记了,而是不能复现记忆。可无论受什么样的伤害,我都想找回真相。

突然,外面传来了呼唤声,喊的似乎是我的名字。

我看了一眼时间,现在是十一点二十分。我披上衣服起身走到窗边,一只猫的身影从我眼前一闪而过。也许是我刚想起过猫,才会有这种幻觉,而且幻觉中的猫似乎有五条尾巴。

我向下望去,看到呼唤我的正是何家栋。

他仰着头,抖动着嘴唇,喉咙间发出喊声,吐出的声音焦灼而狂热,之前苍白的脸色又变回儿时的红润。他仰着脖子喊我的模样,让我想起了金华猫。

我跑下来问道:"你怎么来了?"

"找到你了!"

古传金华猫畜养三年后,每于中宵时分,蹲踞屋上,仰口对月,吸其精华,久而成怪,窜入深山幽谷,朝匿伏，暮出魅人。

2. 李继红

他的手再一次牢牢抓住了我，和黄昏时完全不一样，他的手透过皮肤传来惊人的热量。

我的视线渐渐模糊，周遭的一切变得神秘起来，一种难以言喻的力量无休止地散落着，数不清的光点炸裂开来。

等我再能看清的时候，周遭的环境已经改变。

我原来身处秋天的寒夜，现在却变成了夏天的凉爽深夜，不光季节变了，四周的景物也变了，变成了我熟悉的模样——儿时的小镇。

我就站在老宅的门外，院墙是没有经过粉刷的红砖墙，院内的枇杷树也还是一棵小树。我似乎是回到了过去。

忽然，门打开了，从屋里走出的是我的父亲，他应该是去上夜班。

"请问？"我开口喊住他。

他在三十年前因糖尿病并发症已经去世，但现在正值壮年，比我还要年轻。

"老人家有什么事？"

我问："今天是什么日子？"

父亲回答道："七月十四。"

我心里一惊，又追问道："是农历？"

"嗯，农历。"

老家的老一辈人还是更习惯说农历。

父亲没多停留，跳上自行车，便去上班了。

我心里已经掀起了轩然大波，农历七月十四正是那年我们出事的时间。如果我回到了出事那一天，不就可以改变过去，救下我的朋友？

想到这里，我立刻往李继红家跑去。她家距离我最近，大概只有十分钟的路程。我父亲在工厂上夜班是晚上十点到次日六点，他常在九点半出门。我想我回到这个时代肯定是有意义的，我虽然不知道事故发生的始末，但我可以避开事故，只要阻止他们前往那个废墟就好了。

我到底是老了，一段路跑下来，已是气喘吁吁。

"你在干什么？"我看到了李继红。

她似乎是我们这个团体内唯一的女孩子，和陈钢是表亲，两人关系最好，总凑在一起。我们相互之间一般不叫大名，比如何家栋是栋栋，李继红是小红，陈钢是小钢。学堂里发的做题本上，很多题目里的人名就是小红、小明、小钢。李继红在作文里写过想做一名教师，也许是因为这点，她的成绩最好，老师在语文课上常常拿她的作文当范文读。

李继红被我吓了一跳，现在在她眼中，我不是和她同龄的玩伴，而是个突然出现的怪老头。

我也装出严厉的模样，大声责问道："这么晚了，怎么还在外面闲逛，你几岁了，叫什么名字，是不是这户人家的小孩？"

她咬紧下嘴唇，不敢回话。

"快点回家！"我催促道。

她像是被我吓住了,双脚如同被钉在了地面上,一动不动。

"我认出来了,你是李大春家的孩子。"我说出她父亲的名字,"你再不回去,我就把你的事情告诉你爸妈,让他们教育你。"

李继红很在乎自己乖孩子的形象。她终于动了,往家里跑去。我怕她再偷溜出来,见她进家门才离开,准备赶往较近的陈钢家。

但我转过身还未过几秒,就感到有一股可怕的吸力,把我往后面吸去,等回过神来,我回到了现实中的老宅。还是秋夜,巨大的温度差让我打了一个寒噤。我也没有在楼下,而是仍然处于卧室,在窗台前的地板上。我立马从冰冷的地板上爬起来,透过窗户向外望去,楼下也没有何家栋的身影。我敲了敲发涨的脑袋,只觉得自己做了一场梦。

老宅只有我一个人住,卧室的门和窗户都是从内锁着的,唯一的解释是我梦游了,我自己从床上到了窗台前。我回到被窝里,被窝尚且温着。我想要闭上眼睛，却怎么也睡不着，那个梦太过真实，让我无法安心。

我必须去找何家栋。翌日，我买了点水果就匆匆往卖鱼桥竹篓弄东六号赶去。

我见到了何家栋的晚辈。

"石伯，你这么早就来了？"

"我和你表舅公是老相识了，昨晚见过后，我就想着早点过来看看他。"我问道，"昨晚过后，他还好吗？"

"每天都一样。"

我问道："后来你们还去什么地方了吗？"

"散完步我们就回去了。"

"何家栋没有再出去吗？"

"没有。我不会放表舅公一个人出门的，太危险了。"

我把水果交给年轻人："我去看看何家栋。"

他转身去洗水果了，我走进里屋，看到何家栋呆呆地坐着。

"栋栋，我是珊瑚。"我走到他面前，捧着他的脸对他说道，"你昨晚来找过我吗？"

我叫石珊瑚，和他们的名字截然不同，甚至有点女气，因为这个名字，我记得小时候还被其他人嘲笑过。

何家栋的双眼依然无神，他似乎听不懂我在说什么。

正当我想仔细问问时，外面传来了动静。

"李老师，您来了啊，快到里面坐。"

看来今天除我之外，还有别的来客。

来人也踏进里屋，这是个和我年龄差不多的女性，我看着她的面容觉得有些熟悉。

"你，你是珊瑚？"

"你是？"我一下子认不出来她是谁。

她有些激动地说道："已经几十年了啊，是我，我是小红，李继红啊。"

"你是李继红？"我心中掀起惊天骇浪，我端详着她的模样，她的五官确实与我记忆中的小红有些相似。

"你怎么连我也不认识了？"那老人说道，"事故过了几十年，我一看到你就认出来了。"

"对,事故。我得救了,何家栋落下了病根。"我说道。

"我因机缘巧合刚好躲过一劫,只可惜小钢……"

难道她真的是李继红吗?我怀着这个疑问试探着与她聊了起来。

在叙旧过程中,她说出了只有我们几人才知道的经历。我们时常去钓虾,钓虾比钓鱼简单得多。我们用的饵是癞蛤蟆或者田鸡肉,有说法说蛤蟆是虾的天敌,尤其虾换壳的时候,蛤蟆能感应到动静然后过来把刚换了壳没有反抗能力的软壳虾吞进肚子,所以虾只要碰到蛤蟆肉就会夹住不放。我们钓虾的工具就是一截细长的棍子,一头系在棍子上,一头系上一小块蛤蟆肉,连钩都不用,等饵泡久了没味道了,就换一块肉,我们几个人一个上午就能钓一碗。

我们钓了虾也不拿回家,就用两块砖头当灶台,上面架个铝饭盒。

李继红道:"我还记得那个铝饭盒,是我堂姐不要的坏饭盒,一边煮一边漏水。那个饭盒被柴火熏得像墨染的一样黑。"

我们的胃口就像蚕一样好，蚕只要放到桑叶上就会大吃特吃，蚕室里能听到落雨一样的啃食声。我们就像蚕一样不停地吃，不知道那个年纪的孩子为什么总是很饿。

我点了点头接着说道："我记得我们还有几个虾球。"

"是三个。"

虾球不是吃的那种虾球，是用竹篾做的捕虾用具。它是球状的，里面的竹篾织得如同网状，形成虾喜欢聚集的环境。放一夜，捞起来就可以捕虾。

"我们自己做的吧？"

"对，所以老是不好用。"李继红说道，"捕到的虾都没有我们钓到的多，不过里面会捉到一些小鱼，你还记得我们一起救过的猫吗？"

"我们会把小鱼留给猫。"我说道。

虾蟹只要用水煮熟加些盐就会很好吃，但小鱼需要抇出内脏，稍大的鱼还需要刮鳞。我们不太会处理，所以一般不会吃掉。

李继红挠了挠头:"奇怪,我想不起来了,猫好了后,我们又把鱼给谁了。你有没有一种感觉,我们似乎忘了什么东西?"

这个时候,我已经相信我面前的老人真的是李继红了。

我问道:"你说的机缘巧合是什么?"

李继红像是想到了什么,欲言又止,随即叹了口气才开口道:"我偷溜出门,本来想去找陈钢,和他一起走。"

"你还记得我们为什么要出去吗,要去什么地方吗?"

李继红摇了摇头:"我记不起来了。那天晚上我刚出门就遇到了一位热心的先生,他告诉我时间太晚了,我该回家了。"

"是位老先生?"

"对,是位老先生。我被他吓坏了,只能回家,没想到逃过一劫。"

我捂着心口,努力想平复剧烈的心跳。李继红遇到的人是我,我救下了李继红,那不是梦。

"你没事吧？"李继红关切地问道。

我休息了很长时间，观察着一直在听我们对话的何家栋，但他似乎真的什么也不懂。

"我没事，刚刚只是有点头晕。"

"你要注意身体。"

我同她告别，然后去找了我能找到的所有人打听李继红的事情。

她确实是事故的幸存者，和我、何家栋不同，她没有遭遇任何危险，平平安安长大。她长大后当了镇小学的语文老师，还做到了副校长，直至退休。其余事情都和我的记忆一致。

到了晚上，我喝了浓茶，强撑着精神，不时望向窗外，但何家栋一直没有出现。大概一点半，前一秒，楼下还空空如也；后一秒，何家栋突然出现。不等他开口喊我，我便赶紧下了楼。

"这到底是怎么回事？"我问他。

但他没有任何回应，只是像昨晚一样伸手去抓我的手。

3. 陈钢

同之前的感觉一样，我再次穿越了时空。而何家栋的表现让我相信，他没有恢复神智，但他拥有某种超自然力。我顾不得多想，低头看了一眼腕表。

第一次回到过去，我被何家栋吵醒是在十一点二十分，再次回到老宅是十一点四十二分，如果两个时空的时间流速是一样的，那我就只在过去待了二十分钟左右，然后就被强制送了回去。也就是说，我的时间有限，一点也不能耽搁。

我匆匆往陈钢家赶去，这次出发我没有见到我父亲。

我一路小跑终于跑到了陈钢家。在未来，陈钢家这一片已经被推平，建了卖场。

陈钢是我们当中最有鬼点子的人，他想出过很多好玩的花样，给我们的童年带来了不少快乐。但他性子急，一旦上头，只有李继红能安抚他。他曾说自己想要和父亲一样当个机械师，我想如果他能活下来的话，一定能实现他的梦想。

时间刚好,我看到陈钢鬼鬼祟祟地出来,似乎正要出发。

"老陈、老陈!"

我记得很清楚,陈钢死后,他父亲一直埋怨自己为什么没能发现自己儿子出门,因此,那天晚上他父亲没有上夜班,他是在家的。

随着我的叫喊,陈钢家的窗户亮了。

"谁在外面?"

"你儿子跑了!"我没有出面,只是出言提醒他。

陈钢家的门打开了,陈钢一脸震惊,与自己的父亲对望。

"你小子又不好好睡觉,快给我进来!"

被自己父亲一吼,陈钢只能缩着脑袋乖乖回家。

"和你说了多少次了,最近这段时间不要出去玩,你是不记得上次同你说的猫脸婆婆了!"

听着陈钢被训,我安心地离开了。解决了陈钢,我立即往何家栋家赶去,哪怕我已经拼命地跑了,但还是来不及。

半道上，二十分钟的时间便到了，我又回到了老宅。靠在墙上，我大口喘气，汗水浸湿了衣服，紧紧贴在肌肤上，酸疼感从四肢传来。我休息了一会儿，才从地上起身，去擦了擦身子，重新躺回到床上。

我应该已经改变了陈钢的命运，剩下的就是何家栋了。

第二天，我去拜访了李继红。

李继红为我端上了热茶，道："我还以为你过几天才会来。"

"见了你后，我就想再见见其他同伴。"我试探性地说道，"陈钢他怎么样？"

"他啊——"李继红摇了摇头。

我的心一下子悬了起来："见不到他吗？"

李继红说道："我打个电话问一下吧，他现在和孩子一起住在城里，平时不太回镇子上。"

李继红拿起电话拨通了，没一会儿，她放下电话："太巧了，陈钢昨天刚回镇子，现在就在家里。你现在就同我一起过去吗？"

"好的，我们一起去吧。"我点点头，和李继红一起出门。

"这些年，陈钢过得怎么样？"我打听道。

"你走之后，他没读高中，去了技校，毕业后进了水泵厂和他爸一起工作。后来水泵厂倒闭，他因为手上有技术，南下很快也找到了工作，还被评过劳模呢，退休后就到城里享福了。"

看来他也度过了美好的一生。

我们打了一辆车到了陈钢家。

李继红敲门，陈钢打开了门。他身穿一件崭新的黑呢子大衣和一条混纺呢裤子，脚上穿着一双锃亮的平底皮鞋。头发梳得十分认真，没有一丝凌乱，下巴留着短须。

"你们来了啊！"他的声音像洪钟一样雄浑有力。

他一把握住了我的手："好久不见。"

我们被他迎进屋内。

我照样向他打听了当年的事情。

陈钢道："当夜我正准备出门，结果被路人看到了，他大叫着把我父亲喊了起来，我就没能过去，逃过一劫。结果只有你和何家栋受难。我后来一直想抓住犯人，但没有什么机会。"

"犯人？"

陈钢道："那个时候镇子上……不，应该说是我们这一片不都在传猫脸婆婆的传言吗？"

他突然说出了我完全没印象的事情。

"那是什么事情？"我问道。

李继红怪道："你怎么连这种事情也没印象了？猫脸婆婆的事情闹得人心惶惶。"她继续解释道，"说有一个半人半猫的老婆婆会在夜里出没，遇人就咬。"

她的话就像是打开了我记忆的开关，我也有了些印象。

据说在附近的一户人家，住着一位老妇人。老妇人有个儿子。儿子为了生计在外打拼，只留下儿媳在家照顾老母亲。不过，儿媳和老妇人的关系一直都不太好。后来，老妇人因病过世。因为儿子在外，只有儿媳在边上守灵，儿媳在老妇人的遗体旁待着没多久就睡着了。隔天醒来，只见老妇人的棺木中躺着一只黑猫，却不见老妇人的踪影。本地有民俗说，遗体是不能接触到牲畜的，尤其是猫。这之后，有一个长着半边猫脸的老妇在夜里四处徘徊的事情就传开了。

陈钢道："我记得学校里老师还要求我们结伴回家，绝对不能落单。父母还在我们右手手腕绑了一根红绳，说是可以辟邪。你觉得真的会有什么猫脸婆婆吗？这根本就是为了防范人贩子编出来的故事，就像为了不让我们去水边就说有水猴子一样。不过，谣言越传越广，越传越可怕，最后难以收拾。我一直认为当年你们是遇到了人贩子，他们对你们用了迷药，何家栋受到惊吓再加上药物的作用，损坏了他的大脑组织，他才会这样。这么多年来，我一直在想，如果我也去了，说不定我们三个人就能挡住人贩子，何家栋也不会落到这步田地。"

看来不光是我，其余人对当年的事也是耿耿于怀。

我们三人又说了一会儿话，话题转向了童年趣事。

"来吃点山楂片吧，我最近消化不好，吃着消食的。"

陈钢翻出零食招待我们，"这是木糖醇的。"

我道："你还是喜欢吃山楂，我记得你以前有了钱就喜欢买叫果丹皮的山楂制品。"

"那个时候，我们还管它叫'苹果皮'，因为它看起来红红的。"

"我经常买酸梅粉来吃。"李继红说道，"我当了老师后还没收了学生的不少零食。那些东西花花绿绿，又没什么营养，真不知道当初为什么喜欢吃。"

酸梅粉是一种用酸梅磨成干粉制作而成的零食，装在一个小包装袋里，里面有个小勺，挖着吃，口味酸酸甜甜的。

"小孩子口味就是这样嘛。"我说道。

陈钢也说道："我们攒了钱也都买零食了，我记得你老是攒不下钱。买冰棍的时候，我们一人一根，但她没钱，每次你都要买两根。"

这种感觉又出现了，我们明明是四人组，却仿佛有第五个人存在。

我问道："她是谁？"

"欸，我说什么了？"陈钢脸上露出疑惑的表情，"我们四个人买五根冰棍，应该是买四根才对。"

"你是不是记错了，还是有人贪嘴多买了一根被你记到现在。"李继红对陈钢说道。

"不是的，我们肯定有很多次都买了五根冰棍，而且是一人一根。"陈钢摊开手开始数数，他每说出一个名字，就收回一根手指，"我、何家栋、李继红、石珊瑚……"

他的最后一根手指怎么也收不回了。

过了一两分钟，他才露出苦涩的神情："老了，老了，我真的是老了，什么都记不住了。"

"哈哈哈——"

4. 石珊瑚

从陈钢家里回来后，我哪儿也没去，就在家中休息，休息了整整一个下午，养精蓄锐，静候何家栋的到来。

大概在两点左右,何家栋再次出现了。

月亮拉长了他的影子,我花了眼竟然看到何家栋的影子在月光下变幻,从原来瘦长的人形变成了一只有三根尾巴的怪猫。正当我想要看清影子时,耳畔传来一声似有若无的猫叫声,等我再望去,何家栋的影子又变了回去。

何家栋又一次抓住了我。

我在心底说道,你放心,这次回去,我一定会救下你!

回到过去一恢复意识,我就往何家栋家跑去,但这次出现了小意外,在路口,我看到了何家栋。他已经从家里离开,正赶往目的地。

我不记得目的地在哪儿,只能紧紧跟着他。他还是充满活力的孩童,而我是行将就木的老者,而且我越跟着他心里越是惶恐,目的地是废墟或者一户人家。

"站住!"我喊住了何家栋,"你多大了,怎么还在街上?"

何家栋道:"我正要回家。"

"说谎,你家住在这个地方吗?"我装出一副生气的模样,"我认识你父母,知道你家在哪儿,快回去吧。"

他转过身,这次真的往家的方向跑去。

我也装作离开的样子,暗地里还是跟着他。果不其然,他绕了些路,以为甩掉了我,便又要转回去。

我就知道他不会轻易放弃。我低头看了一眼时间,还剩下五分钟。我又出现在他面前。

"快回去。"

他低着头,似乎听了我的话,又似乎没听。

如果他再绕一个圈子,我肯定没时间再去阻止他了。情急之下,我举起手狠狠打了他一下,就那一下,我感到天旋地转,我又回到了老宅。距离时间耗尽明明还有三分钟,这是我第一次遇到这种情况。我心底有些不安,难道我浪费了这次机会,没有救下何家栋吗?只能等明天去拜访他,确认一下了。

我站在卖鱼桥竹篓弄东六号前,从外观上看,这栋建筑没有变化。

我敲响了门,来开门的仍然是那位年轻人。

"何家栋在吗?"

"他在家的。"

"他最近还好吗?"

年轻人困惑地问道:"石伯,你前两天不是才来看望过我表舅公吗?他的病又不是一两天就会好的。"

我走进屋内,一颗心如坠寒泉,何家栋的状况并没有变好。

"对,前两天我是来看望过他,还遇到了李老师。"我说道,"我的记性是越来越差了。"

"李老师?"年轻人问道,"石伯,你不是一个人来的吗?那天没有什么李老师啊,是不是又记错了?"

"李老师,李继红老师。"我连忙道,"和我前后脚来看何家栋的人。"

年轻人摇了摇头:"那天只有石伯你一个人来看过我表舅公。"

我看他的神情不似作伪,那这是怎么回事?李继红又消失了？我失魂落魄地跑出了何家栋家，往李继红家跑去。

咚咚咚。

我用力砸李继红家的门，过了很久，没有人来开门。

边上一户人家告诉我："别敲了，这户根本没住人。"

"里面没有人？"

"对，里面还是毛坯房呢，你看看是不是找错地方了。"

我没有找错地方，是李继红消失了。我又到了陈钢的住所，那里面有人，但他们说自己从未听说过陈钢这个名字。

我只能找其他人打听，他们告诉我当年的事故中，李继红和陈钢死亡，我和何家栋幸存，但何家栋就此痴呆了。

之前两次回到过去的成果也没有保留，全部都变回来了。

我百思不得其解，拯救何家栋失败应该只影响何家栋一个人的命运,为什么会影响到李继红和陈钢?

我将我做的事情列出来。

第一次:阻止李继红外出,救下了李继红。

第二次:阻止陈钢外出,救下了陈钢。

第三次:劝返何家栋,不知是否成功。

难道失败了?

我举起右手使劲地拍了一下自己的脑门。

是成功了。

但是成功的后果比失败更加严重。

我不记得事故的具体经过,但可以做出猜测。我和何家栋是幸存者,相互扶持才能逃出生天。李继红和陈钢可能一早或很轻易地就遇难了,所以对大局没有影响。由于我成功劝返了何家栋,只留下了我一个人在事故中,那么我——石珊瑚必死无疑,如果我死了的话,就没有几十年后,何家栋找到我让我回到过去的一系列事情。

这里存在一个无解的悖论。

时空仿佛是有自己的逻辑的,它会修正一些错误,我可以将它比作一根线，有时缠绕在一起，前后交错，但它还是完整的线。而我这次的行为几乎是把这根线给扯断了，于是它的自愈程序启动，把出问题的两端剪去，重新系上，而被剪去的部分正是我救下李继红和陈钢的部分。

越来越多的细节浮现在我的脑海中，似乎随着每一次的时空穿越，我的记忆就会恢复一部分，我曾跟着陈钢走过一段路，已明白目的地在何方。

而且命中注定我应该在废墟中，而不是在路上劝返何家栋。幸存之后的何家栋变得痴呆，一直在找一个老人。

而我不正是老人吗？

今夜就要看何家栋会不会再来找我了，如果他再来，就说明我还有机会。

凌晨两点半，正当我灌下第七杯浓茶时，何家栋终于又在楼下喊我的名字了。

不论何家栋能否听懂我的话，我都告诉他："你放心，我知道自己该做什么了。"

一种奇妙的力量化作数不清的光点炸裂开来，就像蒲公英的种子围绕在我身边。我再睁开眼睛，又回到了那一夜。

同样还是拼命奔跑，我按照脑海中的记忆一路前进。

所谓的废墟其实是三四栋被废弃的老房子，据说里面的住户都接连自杀而死，有些是服毒自尽，有些是上吊自杀，还有人是纵火自焚，有半栋房子都被火焰熏黑了。众人嫌弃这里晦气，渐渐便无人居住，而房子无人生活，便会迅速衰败，成了废墟，偶尔会有孩子试胆或抓蛐蛐而去那里，平时没有一点人气。

我对这里却有截然不同的感觉，有温馨，也有恐怖。

踏进废墟，我顿时被一股阴冷的气息笼罩，这里的温度都比外面低了几摄氏度。

里面传出古怪的动静，我朝着响声的方向跑去，只见到两个小小的人影一闪而过，我认出其中一人是小时候的我。

但和我在一起的是谁?

他们似乎在被什么东西追逐着,我环顾四周却没看到什么东西,但我知道那个东西肯定很可怕。我移动时,不小心踢倒了地上的一只破瓷瓶。

那种阴冷感刹那间便加重了,有什么东西向我赶来。转过头,我果然看到了一个黑色的怪物。它的个头比我还要小一点,散发着可怕的气息,而且带着一股怪味,混杂着病重老人的体味和尸体的臭味。

我用力挥舞着手杖,为了应对这次穿越,我特意带了手杖防身。我一杖抽中了它的头,打掉了它的帽子。于是,我看到了它的真面目——半张脸是人脸、半张脸是猫脸,原来猫脸婆婆真的存在。

它贴近我,我吓得下意识地想要用手推开它。

"不能直接碰它。"

听了提醒,我收回手,就地一滚,躲开了它。我的手杖上有防脱的绳子,我立马就把手杖收回来,用手杖将它逼退,然后连滚带爬地往提醒声响起的地方跑去。

"快点，往这边跑。"和小时候的我在一起的是个小女孩。

看到她脸庞的那一刻，我就感到无比熟悉。

"我们去哪里？"我问道。

"跑出去。"她回答道。

但是这里的布局和之前不同，似乎变成了一座迷宫，让我们在里面乱转。

她道："这里有结界。"

"结界？"

"就是类似鬼打墙的东西，这里只许进不许出。"

我道："是那个猫脸婆婆干的吗？是不是处理掉它，我们就能逃出去了？"

"我们处置不了它，至少你们在，我没办法。"她把小时候的我推到我边上，"你带着他，我去找生门。"

"他怎么了？"看着自己浑浑噩噩的模样，我不安地问道，"他看起来意识不清。"

"他刚刚不小心被猫脸婆婆碰到了，魂魄有些不稳。"她说道，"过会儿就好了，所以千万不能被猫脸婆婆碰到。它不光会通过接触吸食魂魄，还会记住你的味道，找到你。"

我低头看了一眼自己的手杖，它是用硬木和合金制成的，按理说，应该能用十几年，但现在已经腐朽了，用力就能掰断。

我大概明白她的意思，她要去找生门，但小时候的我跟着她会暴露她的位置，所以她要把小时候的我托付给我，让我给她拖延时间。

"我只有几分钟可以待在这里。"

她握住了我的手，有股力量传递到我身上："你的时间增加了。"

"你认出我了？"

她向我露出一个微笑："第一眼，我就知道你是谁，把你交给你自己照看，不会错吧。"

她的目光犹如黑夜里的月光，她的眼中含有智慧与力量。

她是我们都忘了的第五个人。

我带着小珊瑚，开始同猫脸婆婆玩恐怖版的捉迷藏。我带着小珊瑚四处躲藏，但猫脸婆婆总能找过来。

它脚步很轻，却总是发出声响，用指甲抓着墙壁，发出刺耳的刮擦声，提醒我们，它就快到了。

"我看到你们了，快点出来吧。"它发出和蔼的声音，想要骗我们出来，"我这里有好吃的点心哟。"

我捂着小珊瑚的嘴不让他发出一丝声音。我以为它已经走了，可门突然被打开，猫脸婆婆向我们袭来。我忙拖着小珊瑚，往外跑去，好几次猫脸婆婆的指尖都要触碰到我了……

我匆忙下楼，从废楼的墙洞穿过去，到了另一处院子里。

一块瓦片从天而降，击中了猫脸婆婆，为我们争取了宝贵的时间。

是何家栋来了。

猫脸婆婆气得龇牙咧嘴，发出怒吼。

我带着小珊瑚和何家栋会合："快跟我来，我是来救你们的。"

我把事情告诉了他，现在要等她找到生门打破结界，我们才能逃出去。在这之前，我们只能拖住猫脸婆婆。

猫脸婆婆失去了我们的踪迹，又开始找我们，它口中变换着声音想要引诱我们出去。

"哎呀哎呀，又有客人到了。"它说道，"你们不出来的话，我就去招待新客人了。"

是李继红或陈钢来了吗？

何家栋急得脸都红了，想要冲出去救自己的小伙伴。我牢牢拉住他，提醒他，这可能只是猫脸婆婆的诡计。

可短短十几秒后，外面便传来尖叫，由于距离太远，我们分不清是谁发出的尖叫。

猫脸婆婆又回来找我们了，我拖着小珊瑚，拉着何家栋换了个地方藏身。

"磔磔磔——"它又在外面怪笑，"又有人来了，这次还是你们的朋友吧，是男孩还是女孩呢？"它的脚步渐渐远去，似乎是暂时放下我们，去捉新人了。

我一不留神，何家栋从我手中挣脱跑走。他忍受不住朋友们惨死，想去救人。我只能把小珊瑚塞到一个旧衣橱里，让他藏起来不要乱动，然后便追何家栋去了。

但我们晚了，猫脸婆婆站在阴影处对着我们笑，它脚边躺着一个孩子，光线不足，认不出来是谁。

它露出尖牙，笑道："找到你们了。"

"快跑。"我冲何家栋喊道。

这可能是他第一次见到同龄人的尸体，以至于被吓住了。我见他不动，又提醒了他一声，他这才拔腿就跑。

我看到他脸上满是泪水。

又与猫脸婆婆周旋一阵，我听到她发出讯息，说明通路已经打开，让我们赶紧过去。

我心中大喜，想着今夜的危险终于要过去了。

她也出来接应我们。

我准备接上小珊瑚就离开。但神志不清的他看不到我们，居然自己跑出来了，而且正要下楼向我们跑来。

嘎吱一声，年久失修的楼梯竟然破了一个大洞。小珊瑚跌落下去，卡在楼梯处动弹不得。我不由得埋怨过去的自己为什么要出来添乱。现在，他成了猫脸婆婆最好的猎物。

我和何家栋都不能触碰猫脸婆婆，而她隔的距离又太远，来不及救援。

如果小珊瑚死了，此刻的我会不会就此变成泡沫消失？

正当我绝望之际，何家栋鼓起一把劲，如一发炮弹撞到猫脸婆婆身上。猫脸婆婆被撞出去四五米远，而何家栋由于触到了猫脸婆婆，躺在地上生死不知。

"你去救珊瑚。"她与我错身而过，去救助何家栋。

我把小珊瑚从楼梯上背出来，发现他已经晕过去了。

她指给我的生门是一个在角落的光洞，洞内侧还是迷宫般的废墟，外面就是正常的街道。

我顾不得赞叹如此奇幻的场景，抬眼去看，她和猫脸婆婆扭打在一起，猫脸婆婆压制住了她。何家栋已经醒来,他以强大的意志力在帮助她对抗猫脸婆婆。

我背着小珊瑚,想要去帮忙。

"不要过来,快点走,我要支撑不住了!"她道。

随着她力量的减弱,光洞也在缩小。

何家栋似乎在和她说些什么。

——让他走。

——我比较合适。

——让我来,我来承担,我来等待。

她和猫脸婆婆扭打在一起,原来她计划着等我们都走后便与它同归于尽。

我在最后一刻,带着小珊瑚跳到了洞的另一边。

废墟恢复了原状,她和猫脸婆婆都消失了。我放下小珊瑚,跑到何家栋边上。他还有呼吸,看来是她用最后的力量护住了他。

"去救他们。"

这句话从他口中说出,我的耳畔嗡嗡作响,大脑一片空白,一时间好像什么声音都听不见了。

5. 何家栋

我回到了老宅。

经过这些事情,我恢复了有关她的记忆。

原点回归到了终点。

这就是我和何家栋幸存的经过,一切都已经注定。

寂静的夜晚,我独自一人,仿佛承载着整个世界的沉重,痛苦如水一般将我淹没,让我窒息。

在我们救了猫后不久,我们四人组就迎来了新朋友。我们一起跳皮筋、打弹子、钓鱼,她喜欢鱼,所以每次都会拿走鱼。她没有零花钱,所以我每次都请她吃冰棍。她也请我们去她家玩,她家就在废墟那边。每次去,她都说自己父母上班去了,没有在家,我们都能疯玩一阵。

这也是我会对那里有温馨、愉快回忆的原因。

后来闹起了猫脸婆婆的传言,这不是单纯的传言,而是真的有个怪物借尸还魂,在攻击小孩。它察觉到了我们四个孩子和她厮混,便假扮成她的模样,骗我们去废墟。

她听到消息就来救我们，我因为先到，先遇到险境。何家栋救了我，李继红和陈钢遇难。她与猫脸婆婆几乎同归于尽。何家栋因为和猫脸婆婆接触而失魂落魄，这不是形容词，而是字面意思上的精神失常，她也失去了肉体，精神寄生在何家栋身上，让他能活下去，但由于她的寄生，何家栋也失去了恢复正常的机会。

而我回到过去做的事情，促成了结果的产生。

我听说猫能修出九条尾巴，当猫养到九年后它就会多长出一条尾巴，每九年长一条，最多九条。一条尾巴代表一条命，当尾巴掉光之后，它才会死去。

她每次用一条尾巴作为送我回去的代价，现在她只剩下一条尾巴了，如果我再回去，她注定会死。

我不知道自己是否还有机会再回去，也许现在这样已经是最好的结果了。

可我已经见过活着的李继红和陈钢了，我也不能就这样放弃他们，这似乎是个无解的难题。

翌日，我又去卖鱼桥竹篓弄东六号。

"昨天我身体不太舒服，记混了一些事。"我向年轻人解释道。

"没事，您要多保重身体。"

"方便让我和何家栋单独待一会儿吗？"我道，"我有些话想和他说。"

"您说吧。"年轻人退出了房间，留下我和何家栋。

我对何家栋说道："我已经完成了命中注定要做的事情，我们的经历已经闭环了。如果我再回去，那就是一次新的冒险，结果不一定会变得更好。"

何家栋的双眼恢复了一丝清明："去救他们。"

然后，他又变回到痴傻的状态，无论我和他说什么，他都没有回应。我也明白，他今夜一定还会来找我。那么我也不能逃避，让何家栋和她的付出付之东流。

回到家后，我仔细考虑了破局之法。

我要做的事情主要有两件：

第一，在她打开生路的过程中，不让石珊瑚和何家栋被猫脸婆婆碰到。

第二，不要让李继红和陈钢进入废墟。

我已经经历过一遍和猫脸婆婆的捉迷藏了，知道它会如何追捕我们，有很大可能能躲开它。但我要躲避猫脸婆婆，就脱不开身去找李继红和陈钢他们。

如果能有一个帮手就好了。

——对，我是有帮手的。

按过去的经验来看，同个时空中是允许同一个人的不同时段的个体同时存在的，所以之前我才能救下两个人。我救下李继红后，再次返回过去还能救下陈钢，就是因为那个时空存在多个我，后来的我去救了陈钢，之前的那个我按上一次的行动轨迹救了李继红，才能获得李继红和陈钢都得救的结果。

今夜也类似。今夜中存在着三个我：一个孩童，与两个穿越归来的我（一个是我自己，还有一个是昨天来的我）。

我自己可以进入废墟帮助何家栋他们，让昨夜的我守在门口不让李继红他们进入，然后再进到废墟，引走猫脸婆婆，拖延更多的时间。时间一到，昨夜的我没有让她延长过时间，待满二十分钟后自然就消失了，很难被猫脸婆婆抓住。

定下这个计划后，我的心稍稍安稳了些，开始养精蓄锐，只等晚上最后一搏。

夜里，何家栋果真来了。

这次我反握住他的手："我一定把他们救出来。"

我最后一次回到过去，等视线一恢复，便往废墟跑去，并且及时拦住了昨夜的我自己。

我说服了自己，让他先不要前往废墟，而是去拦住李继红他们。

"李继红和陈钢会从两个方向进入废墟，你知道他们是从哪儿来的吗？"

"我只知道前后有两人进入废墟，但不知道他们谁是谁。"

"这样一来，我就有可能和他们错过。"

"仔细想一想他们之前说过什么。"我道，"李继红曾经说过她要去找陈钢。"

"如果她真的找了陈钢,那他们应该会一起到才对,实际上是先后到达的。"

"陈钢性子比较急,他可能等不及李继红,先走了。"我又想到一个佐证,"第二次回去时,我见陈钢根本没有等人的打算。"

"从陈钢家的方向看,我们需要守住西北方的入口。"

"李继红去找陈钢,结果陈钢已经走了。她再来废墟,也是来西北方入口的。"

和我自己分别后,我进入废墟,这之后的遭遇和之前差不多,我和他们会合。这次由于李继红和陈钢不会涉险,何家栋也就不会冲出去了。

我、何家栋和小珊瑚躲在角落里。

猫脸婆婆在外又怪笑道:"哎呀哎呀,又有客人到了。你们不出来的话,我就去招待新客人了。"

我压低声音对何家栋道:"是我安排的人,不会有事的。"

趁猫脸婆婆去追杀另一个我的时候,我带着他们去她那边,待她一打开生门,我们便离开。这次我不会丢下小珊瑚了,避免再出意外。

大概过了几分钟,我们都听到猫脸婆婆声嘶力竭的喊叫声。

"人呢,我差点抓到了!"猫脸婆婆喊道,"你们骗我,你们居然敢骗我!"

废墟的温度又降了好几摄氏度。

"我看到你们了,快点出来吧。"它道,"乖乖认输的话,我会给你们一个痛快。"

它的声音越来越近,而我的脸色越来越阴沉。

完了,我犯了一个错误。她还有一段时间才能开门,但由于我带着小珊瑚,已经把它引来了。

我可以用废墟内的杂物投掷猫脸婆婆,但这点伤害对它而言不值一提。我手里还有手杖,至少攻击猫脸婆婆两次,才会腐朽。这之后,我只能与它进行身体接触了。在这个时候,我只能挺身而出。在猫脸婆婆前进的路上,我用尽了办法阻滞它的脚步,但收效甚微。

我向它冲了过去，它早有准备一把将我推开。

伴随着一声沉闷的撞击声，我几乎听到自己的骨骼碎裂的声响。我在尘土飞扬的黑暗角落里蜷缩成团，抹去嘴角的血丝，想再爬起来。

它没有对我使用那种触碰到就吸收魂魄的能力，只是使用蛮力。也许吸收魂魄和蛮力不能同时发动，它见过另一个我离奇消失，便对我失去了兴趣，只是将我赶走。

接下来又重演了之前的情况：何家栋挺身而出，她打开生门后与猫脸婆婆缠斗在一起，光洞又开始变得不稳定，我背上小珊瑚及时撤离。

我还是没能救下何家栋和她，也失去了最后一次机会。从过去回到现在后，我在自己的卧室昏了过去。等我醒来已经是下午了，我马上赶去何家栋家。

他家居然挂上了白幡。

"这是怎么回事？"我问道。

年轻人回答道："石伯，节哀。表舅公，今天早上没了。"

"他怎么就没了,是今天早上的事情?"

年轻人说道:"就是今天早上,他回光返照,恢复了清明,大声喊我的名字,把我叫到床前只留下一句遗言就走了。这些年,表舅公的身体一直就不好,能撑到现在,已经算是奇迹了。"

他强撑着身体恐怕就是为了等我。他死后,我恐怕也无法再次回到过去了。

我又问道:"他留下什么话?"

年轻人挠了挠头:"我也不知道他说的是哪件事,他只说了句,他并不后悔。"

这时,我抬头看到李继红和陈钢结伴而来,吊唁何家栋。

我耳畔又响起了何家栋的声音。

——让他走。

——我比较合适。

——让我来,我来承担,我来等待。

我最后那一次回去,被时间线认可了,李继红和陈钢得救了。这次能够成功,是因为我和何家栋作为关键点都没有发生变化吧。

她是枪，何家栋是扣下扳机的手，而我是从未来飞回过去的子弹。

她……

在这最后，我才拾起最后的拼图，她的名字是叶琉。

晚上，我执意为何家栋守灵。到了午夜时分，一只猫步入了灵堂。

"你们看到什么了吗？"

"没有啊，石伯，您要不要去休息一下。"

我没有眼花，虽然猫只是一闪而过，但我还是看清了，那是一只有三条尾巴的狸花猫。

我突然想到，由于第一、二、三次"修改"的结果被抹除，等于我只回到过去两次，叶琉并不会为此而死。她也还活着。

九命猫，据传猫有九命，当猫养到九年后它就会多长出一条尾巴，每九年长一条。有法力的猫妖一般喜欢化为娇俏的少女或风度翩翩的书生。

后记

感谢华斯比老师邀请我参与本次企划。猫这一意象，与小说有脱不开的干系。鲁迅有仇猫之论，老舍著有《猫城记》，夏目漱石写过《我是猫》。而在推理悬疑小说中，猫则更加重要，毕竟提到黑猫，所有人都能想到爱伦·坡，这次也十分荣幸能和诸位前辈、侪辈一样写一个关于猫的故事。

《无名之猫》这个故事融合了我喜欢的妖怪元素和时间穿越元素。

最开始，石珊瑚所在的世界就是第四次回到过去后形成的世界。由于猫脸婆婆对他的伤害和叶琉对他的保护，他失去了部分记忆正常长大。回到故乡后，石珊瑚得到了回到过去的机会，由于他失去了记忆，便选择不让同伴前往事发地，来保护他们。第一、二次都成功了，但第三次由于时间线出现悖论而失败，连带着之前的成果都消失了。而第四次则使石珊瑚和何家栋幸存，石珊瑚五十多年后能穿越时空，这两件事相互成全，形成一个闭环。

在此基础上，才有了第五次回到过去救人的可能性。第五次是在第四次的时间线回路上再造一个回路出来，而其他关键点都不改变。由于有过第一次和第二次的经验，李继红和陈钢生还产生的波动不会导致时间线的崩溃，因此最后成功了。

而叶琉的存活……她有预见性地想到此举需要至少五次机会，因此用了五十多年养伤和修炼。由于第五次的成功同时导致前三次失效，实际上只用了两次机会，这算是意外。

作者简介

拟南芥，悬疑推理作家，现居杭州。嗜读京极夏彦、三津田信三、连城三纪彦等名家推理小说，重幻想，偏好写诡谲的人心与诡吊的气氛，尤爱悲恋和绝望，以大愿力投入创作，不疯魔不成活。

2012年秋开始创作，目前已在《特区文学》《推理世界》《最推理》《超好看》《男生女生·金版》等杂志发表近百万字推理悬疑小说。短篇小说《一簇朝颜花》《乱世蚁·恨别惊心鸟》曾入选《2016年中国悬疑小说精选》《2017年中国悬疑小说精选》。

已出版推理小说《百妖捕物帐·一念》《百妖捕物帐·四方角》《山椒鱼》《杭州搁浅》《大漠奇闻录》《生门》《失魂》，另有推理小说系列"乱世蚁""X"等。

小雪与柴郡的密室

塘瑛

第一章

"除了你,这里没有谁可以凭空从屋子里消失!快点结束你那无聊的恶作剧,把茶壶交出来,不然我们都要完蛋!"

"我的朋友,我很高兴看到你不疯的样子,但现在的你,看上去更像一个傻子。你应该很清楚,我只能自己消失,带不走任何东西,你的茶壶不可能是我偷走的。况且,我也从没有进过你的屋子,喵。"

"别嬉皮笑脸的。睡鼠说了,几小时前,就在我刚把门锁上离开后没多久,他就在门外听见房间里传出了猫叫声。不是你,还能是谁?"

"我是被屋子里传出的金属磕碰声吵醒的,之后就听见了猫叫声。你们没事的话,我就继续睡了。"

"疯帽子,明明是你自己没有看好东西,现在大祸临头了，就来冤枉我。还有睡鼠，你这家伙，既然你几小时前就听见了屋里的动静，为什么当时不去通知疯帽子？你一定是睡糊涂听错了吧。而且，你什么时候听到我发出猫叫声了，喵？"

"你这不是发出了吗？"

"你们能别吵了吗？我要睡……觉……"

纷乱的争吵声将我从昏睡中唤醒。

声音是从不远处传来的。起初，我依稀听见有陌生人的说话声，还以为是爸爸又带了不认识的客人到家里，便打算继续装睡，省得被那些热情过头的人纠缠。随着传来的争吵声越来越响，陌生人对话的内容也陆续传入我的耳中。当我听清楚对话的内容后，强烈的疑惑便替代了困意。

就这样，我不情不愿地睁开了眼睛，看清了此时所处的奇妙幻境。

最先映入眼帘的，是没过头顶的杂草。我这才发现，在醒来前，自己竟一直睡在某片杂草丛中。来不及对自己糟糕的睡眠环境做出抱怨，奇异的景象就让我目瞪口呆了。透过杂草的缝隙，我看见了树干上长着恐怖人脸的怪树以及生长在树丛间的各色菌类与花朵。目力所及之处，没有一种是我能辨认出来的。它们中的一些蘑菇鲜艳无比，宛如娇艳的鲜花，而另外一些花朵从枝条到叶片甚至花瓣都呈现乳白色，看上去就像蘑菇一样。真正吸引我的眼球的，是那些发光的植物，由于它们千奇百怪的造型，我甚至无法断言这些植物一定是花草或菌类。这些叫不出名字但五彩斑斓的东西散乱分布在人面树中间，给幽暗可怖的丛林增添了一分梦幻迷离的气质。

"这是什么地方？我还在做梦吗？"嘴里虽然这样嘀咕着，可我心里无法立刻做出判断。如果这是一场梦的话，未免也太真实了。身下草丛传来的柔软触感、钻入鼻子的花与泥土的气味、风起时耳尖感受到的丝丝凉意……一切都是那么真实。这与我醒来前做的另一场梦截然相反。我努力回忆，勉强记起了先前那个糟糕梦里发生的事情。

我记得，自己原本和往常一样，在家中柔软的大床上安心地睡着午觉。一阵莫名的坠落感让我惊醒。那时，我还以为是自己不小心翻身掉下了床，睁开眼睛后才发现，我出现在一个从未见过的奇异空间当中。在模糊的印象里，那是一个处处都透着不协调的房间，既宽敞又杂乱，堆放着大量精致却老旧的物件。至于空间里的其他景象，现如今已经记不太清了。我只能依稀回忆起，当时我浑浑噩噩地醒来，只感觉口干舌燥，也不知是出于何种心理，我竟毫无防备地喝下了陌生环境中的水。之后，便发生了整个梦里让我印象最深的怪事。我看见自己所处的空间飞速膨胀起来。接着，难以言说的失重感紧随而至。我感觉自己飞了起来，眼前的画面因速度的加快变得模糊不清，再然后，迎接我的便是沉沉的黑暗。但黑暗并不是梦境的终结，在混沌的意识里，我依旧能感觉到自己在飞，只不过，不同于前一次那种急速的失重。我在黑暗中感受到的，是那种缓缓飞行的舒适感，直到坠落感再一次传来，一切才复归平静。

这便是我所能回忆起的，有关醒来前做过的那场梦的一切。

不同于先前那个毫无逻辑的怪梦，此时我虽然处在一个与现实完全不搭边的幻境中，感官却无比真实。在梦中意识到自己在做梦，似乎也是一件不太可能发生的事情。这让我对自己的处境产生了疑惑。

但现在不是发呆的时候，为了弄清楚自己是否还在做梦，我想到了一个方法。那是从爸爸看过的书里学到的知识。那本书里写道"梦是现实的代偿，会补足现实中无法达成的欲望"。举个例子，有人在现实里被一个凶恶的暴徒打了，那梦境就会对他现实中受到的伤害进行补偿，将那个打他的人扭曲成一个懦弱可欺负的角色，并让他打回去。以此为基础可以得出结论，梦境中若是出现真实生活里遇到的人或物，大概率会以相反的形象登场。

我试图用这套理论来判断自己是否在做梦，不出所料地失败了。原因很简单，因为我所处的这个奇妙的幻境中，显然不存在现实世界里遇到过的人或事。

如此，便无法通过梦境和现实是相反的理论，对所处的世界进行判断。

唯一值得庆幸的是，我的失望没有持续多久。很快，我就从其他地方了解到如今身处世界的真相。

提供线索的，正是那些将我惊醒的争吵声。

循着声音传来的方向看去，一眼便看见在我数米开外的地方，有一片不应该存在于森林中的空旷地带。一栋造型奇特的房子孤独地矗立在那里，房子周围则被一圈篱笆围出了一个庭院。

之所以觉得那栋房子奇特，是因为从我的位置看去，房子的形状就像一顶绅士的礼帽，若是把外围的庭院也一起看进去，就会变成一顶有着花边的宽檐帽。

"礼帽馆"——不知为什么，我的脑中浮现出这个名称。

"一定是爸爸的那些推理小说影响了我。"我苦笑地摇头，用自嘲回应着刚生出的念头。

但也正是因为这突如其来的想法，让我开始相信自己此时确实正在梦中。毕竟，蘑菇会发光或许还能解释为大自然的神奇，但房子造成这样，就实在太离谱了。除了推理小说和做梦，我不认为现实里会出现这种造型奇怪的房子。

除了对房子的判断，真正让我发觉自己所处世界真相的，还是庭院中四人争吵的内容。我的描述可能不太准确，严格来说，此时正争执不休的那四位，也不都是"人"——那是一个由脸色苍白的怪男人、飘在空中的笑脸猫、系着领结的兔子、睡不醒的胖老鼠组成的奇怪组合。

我清晰地听到了，那只笑脸猫称戴礼帽的苍白男人为"疯帽子"，男人则称胖老鼠为"睡鼠"。结合我看到的"四人"形象，一个童话故事出现在我的脑海中。

如果我猜得没错的话，正在争执的这几位，正是出现在《爱丽丝梦游仙境》这个故事中的疯帽匠、柴郡猫、三月兔和睡鼠。

既然有这些人物出现，那我所在的这个世界，应该就是"爱丽丝梦游仙境"的世界了。只不过，如今我尚不能知晓,自己为何会出现在这里。这是一个误入仙境的梦?还是我因某种神秘的力量穿越到了故事的世界中?无论原因为何,我已然凭空出现在这个奇妙的世界当中,而且在我意识到自己可能是在做梦后,依旧没有醒来的迹象。如今,比起考虑自己为何会出现在这里,我更应该思考如何回去。或者说,如果这一切都是梦境的话,我又该如何醒来?

随着意识逐渐清明,我越发能感觉到自己所在的这个世界虽然真实无比,却存在着一种莫名的不和谐氛围。这种若有若无的不安定感,让我下定决心,一定要找到离开的方法。而我能想到的最有效的方法,只有和原本故事中的主角爱丽丝一样,在柴郡猫的指引下,找到回去的路。

根据方才听到的争论内容,此时的柴郡猫和疯帽匠似乎陷入了某个麻烦当中。我突然出现,一定会被当成可疑的家伙吧。但为了回去,我不能犹豫。

如此想着,我便鼓足勇气,缓缓地朝着"礼帽馆"的方向行去。刚一离开树林,进入空地范围,庭院中的疯帽匠、柴郡猫、三月兔就注意到了我的存在，争吵也因我的出现而停止，只有睡鼠依旧是半梦半醒的样子。

在突如其来的寂静中，三双眼睛直直地看向我，这让我有些紧张。短暂的迟疑过后，我还是走向了他们。

"哦，真是一个美丽的姑娘！我在附近没见过你，请问你是从哪里来的？"率先开口和我打招呼的是脸上总挂着诡异笑容的柴郡猫。

柴郡猫话音落地的同时，脸色苍白的疯帽匠摘下了他头上那顶做工精细的黑色旧礼帽，露出了微卷的鲜红色头发，用一种怪异里透着优雅的姿态，向我行了一个脱帽礼。接着，他才戴回帽子，用有些瘆人的眼睛审视着我问道："我是这里的主人，你可以叫我疯帽先生。好了，该轮到你自我介绍了！你是什么人？来这里做什么？我该怎么称呼你呢？"

不同于语气总是慵懒悠闲的柴郡猫，疯帽匠给我的印象与童话里不太一样，虽然依旧有些自说自话，但比想象中有条理得多。至少，我从他的语气里，听到了一个正常人面对我这种陌生人时该有的警惕和怀疑。

看样子，还是得先取得他们的信任。我第一时间意识到这个问题，并思考起来。

终于，借由和推理迷爸爸一起看推理小说的经验，我想到了一种自认为最能给人安全感的自我介绍方法。在推理小说的世界里，只要具有那个身份的人一出现，大多数人都会对其抱有无条件的信任。

我学着某个小学生每次解决案件时，被人问及身份后摆出的表情，嘴角微微扬起，用尽可能酷的语气说道："我叫唐小雪，是一名侦探。"

第二章

"小雪？真是个奇怪的名字。侦探又是什么？"不等疯帽匠做出回应，柴郡猫就用奇怪的眼神上下打量着我，问道。

我本能地对柴郡猫有些轻佻的眼神以及他对我名字做出的失礼评价感到不满,但现在不是和他争论的时候,毕竟想要找到回家的路,还得靠他的指引。另一件让我感到郁闷的事情是,从柴郡猫的话里,我发现这个世界的人似乎对"侦探"没有什么概念。如此一来,我试图利用"侦探"的身份获取信任的打算显然是落空了。这还真是个意想不到的大失误,明明那么多写推理小说的作家都喜欢用《爱丽丝梦游仙境》的设定当故事背景,没想到这个世界的人连侦探是什么都不知道。

果然,就在柴郡猫的话音刚落地后没多久,疯帽匠就用比先前更疑惑的语气询问道:"侦探是什么?"

"侦探就是破解谜团、找出真相、维持正义的角色。"我只得无奈地用听起来简单易懂的话语描述所谓"侦探"究竟是什么。

我没想到,这简单的回答,竟让疯帽匠神色惊恐起来。不仅是疯帽匠,就连悠闲的柴郡猫都脸色微变,飘浮在半空的身体不由自主地往后挪动了几分。

"你是红桃皇后派来的人？这不可能，红桃皇后怎么可能知道银茶壶丢了。我们都要被她砍头了！"疯帽匠紧张地盯着我，嘴里的话却像是在自言自语。说着说着，他似乎又想通了什么似的，惊惧的表情瞬间消失，双手一摊，苍白的脸上浮出一丝苦笑道："现在想想，砍头也没什么可怕的，反正，托柴郡这家伙的福，整个世界都要消失了。"

也不知道我的话是如何引起疯帽匠误会的，他似乎是把我当成了故事中那位动不动就喜欢砍人脑袋的红桃皇后的手下。但也正因此，我更加确信这个世界就是"爱丽丝梦游仙境"中的世界。而真正让我在意的，则是疯帽匠最后的态度和话语。他所说的"整个世界都要消失了"指的究竟是什么？

"我不是你说的那个红桃皇后派来的。我是突然出现在这里的。我找你们就是想问，这个世界是梦中的世界吗？有没有离开这里的方法？疯帽先生说的'整个世界都要消失了'又是什么意思？"为了防止越说越乱，同时也为了打消疯帽匠的疑虑，我用最简短的话介绍了自己不是这个世界的存在，并问出了最关键的问题。

这一次，疯帽匠几人的反应比先前更加夸张了。他们用不可思议的眼神注视着我，就连睡不醒的睡鼠先生都半睁开眼，朝我这里瞥了一眼。

这种诡异的气氛持续了一段时间，终于由柴郡猫率先打破了沉默。

"真是难以置信，居然是除爱丽丝外的另一位穿越者。这是不可能出现的情况啊。难道说，这就是世界崩溃的前兆吗？"柴郡猫语气有些忧伤地说道。

"你在这里装什么无辜？明明就是你偷走了我的茶壶，才害得我们都要消失。"疯帽匠听见柴郡猫的话后立马有了反应，用有些激烈的语气怼道。

眼看无意义的争吵又要开始，我赶忙喊话道："你们还没有回答我的问题呢？这里究竟是什么地方？我该怎么回去？"

也许是被我突然爆发出的气势压倒，疯帽匠和柴郡猫不再争吵，只是互相瞪了对方一眼，便怄气似的不再说话。

最终，只有在三月的时候才会发疯的三月兔先生回答了我的问题。

"这位美丽的小姐，你要把这里当成梦境中的世界也可以，只有通过做梦才能来到这里。但你的出现实在太过反常了。这个世界本是为爱丽丝一个人而存在的，不应该有其他的外界存在出现在这里，所以我们才吓了一跳。也许柴郡说的没错，你的出现正是这个世界即将崩溃的前兆。就像现在明明是三月，我却这么清醒、疯帽子变得很讲逻辑、柴郡失去了凭空消失的能力一样，从那只茶壶消失的一刻起，一切都变了。

"至于如何离开，柴郡知道路线，但那也只是为爱丽丝准备的路线，是否适用于你，我可不敢保证。而且，就现在的情况来说，离开的路线是否存在都不重要了，还有不到一小时，这个世界就要随着爱丽丝的到来彻底崩溃了。"三月兔耷拉下耳朵，唉声叹气地回答了我的问题。

三月兔的话让我对这个世界有了进一步的了解，

同时，更深的疑惑也随之而来。

"为什么这个世界会随着爱丽丝的到来而崩溃？就因为一只茶壶被偷了？如果这个世界如你所说崩溃了，我会怎么样呢？"我赶忙追问。

"小姐，你的问题有些太多了。我都说了，这个世界是为了爱丽丝而存在的，也就是说，这里的每个人都有着必须完成的使命。比如我们几个的使命，就是要让爱丽丝来到这里参加茶话会。这就是我们存在的意义，也是这个世界必不可少的一环。可是茶壶没了，茶话会就开不起来了，我们存在的意义也就没有了。这个世界将会因失去重要的一环而崩溃。当爱丽丝来到这里，发现居然没有热闹的茶话会，这实在是太可怕了。天哪，她还有一个小时就要来了。"说着，三月兔先生紧紧地捂住自己的兔耳朵，浑身颤抖不已。

直到最后，三月兔都没有告诉我最后那个问题的答案，或许连他也不知道吧。

在三月兔叙述的过程里，我有一瞬间怀疑过他的说法。因为一只茶壶的丢失，整个世界都要毁灭，这似乎有些太不讲道理了。但我很快就想起了那种从我来到这个世界后，一直如影随形的不协调感。我有强烈的预感，那正是这个世界即将崩溃的预兆。在这种莫名感应的影响下，我很快就接受了三月兔的说法。

那么，我是会伴随着这个世界的崩溃一起消失，还是在世界崩溃后醒来，回到原来的世界？对我来说，这才是迫切需要知道的答案。可我也很清楚，这个问题的答案，也许只有等到那一刻真正来临的时候才能揭晓。

我无奈地摇了摇头，放弃了询问"为什么不能再找一只新茶壶"的问题。每个世界都有自己的规律，或许在我这种异界来客的眼中，丢掉一只茶壶只是一件微不足道的小事，但在这个世界里，不能用那只茶壶招待爱丽丝，是一件足以毁灭世界的大事。这很合理。就像很多推理小说中，凶手与死者明明没有任何仇怨或利益纠葛，却会因一些在正常人看来愚蠢到惹人发笑的理由去杀人，然后制造复杂的密室和不在场证明一样。如果凶手不杀人，那个推理故事便也不会存在。这和爱丽丝没能参加茶会,这个世界就将不复存在是一样的道理。

我只是有些惊讶,疯帽匠他们明明早就知道自己存在于世的使命只是为了和一个小女孩喝一顿不太愉快的下午茶,却能在面对这种既定的命运时依旧保持热情。难道,这就是所谓的"看清了生活的真相,依旧热爱生活"的英雄主义吗?

我想问他们是如何做到的,可话到嘴边还是吞了回去。

也许是看我陷入了沉默,以为我也在害怕,柴郡猫出声安慰起来:"美丽的小姐别害怕,消失并不是那么可怕的事情,我就一直消失。"

柴郡猫的乐观没能对我起到多大的安慰作用,反倒激起了疯帽匠的愤怒。

"我终于知道你偷走茶壶的目的了!这个世界里只有你一个人会凭空消失,让你觉得太孤单了,所以你就想拉着其他人一起体会消失的感觉,一定是这样的!"疯帽匠有些恨恨地说道。

"看来即便世界毁灭,你的疯病也不会痊愈了。要不是我现在不能凭空消失了,早就不想留在这里,搭理你这个脑袋不灵光的家伙了……"柴郡猫忍无可忍,回怼起来。

"好了,你们别再吵了!现在不是还有时间吗,如果在爱丽丝来之前找出那只茶壶,也许还有挽回的余地。疯帽先生,你冷静一些,和我说说那只茶壶的样子,它究竟是怎么丢的?也许我能帮你们一起找。"我再一次打断两人的争吵,用不容置疑的口吻询问。

"谢谢你的好意,但我想那是不可能找到的了。我翻过了屋子里所有能藏下茶壶的地方,哪儿都没有。只要柴郡这家伙不松口,永远都不可能找到。"

"你为什么一口咬定是柴郡先生偷走了茶壶呢?"我没有放弃地追问着。

"很简单,因为茶壶是在绝对没有人可以进出的房间里凭空消失的。而这个世界上,能够凭空出现并离开任何地方的,就只有柴郡猫这家伙了。只有他,能够在上锁的房间里来去自如。如果真的不是他做的,那茶壶消失的谜团就更难以解释了。"疯帽匠指控般地看着柴郡猫说道。说着说着,他又垂头丧气起来。

看着疯帽匠可怜兮兮的样子,我的心里有一种莫名的冲动油然而生。这突发的情感,促使我说出了一句大言不惭的话。

"疯帽先生,你或许可以把茶壶丢失的经过告诉我。我不是说过吗?我是一名侦探。如果你们的使命是陪爱丽丝喝下午茶,那侦探的使命就是破解一切不可思议的谜团。我想,这就是我会出现在这个世界的意义。"

第三章

"那是几小时前的事情了。当时我们都在为爱丽丝的到来准备着。三月兔带来了从森林里采摘的制作糕点和茶包的原料。他把茶包留给我后,便独自去准备点心了。我把茶包带到了房间里,放入茶壶开始冷萃,之后就离开了房间，把门锁了起来，只留下睡鼠在院子里。

"我发誓，那个时候茶壶明明还在房间里。可等我回来打开房门，进屋换上了自己最满意的一顶帽子后，想确认下茶泡得怎么样了，才发现那套茶具只剩下了六只茶杯，最关键的茶壶不翼而飞了。我把睡鼠叫醒，问他有没有发现什么异常，他就告诉我，中途他被屋里传出的金属磕碰声吵醒过，紧接着还听到屋里传出了猫叫声。当时我就认定，绝对是柴郡这家伙趁我不在的时候搞的恶作剧。

"没过多久，柴郡就像疯了一样从森林里飘了过来，告诉我他的消失能力失灵了。我看，这就是他做贼心虚的表现。就在我准备点破他的时候，我发现了另一件可怕的事情。我发现自己的思维竟如此清晰，清晰到……都不像我了。"

疯帽匠短暂思考了片刻后，决定将银茶壶丢失的前后经过讲给我听。他说着说着，尤其是说到自己的变化时，脸上却露出了落寞的表情。似乎，从疯癫到清醒的转变，让他感到格外不安。

"我的朋友，我太能理解你了，清醒未必就比疯了好。就像现在，我就能清醒地感觉到，自己的时间不多了。这太糟糕了，三月明明是我一年里唯一没有烦恼的月份。"三月兔突然插嘴，用颤抖的声音嘀咕道。

眼看气氛又变得糟糕起来，我赶忙问出了下一个问题："疯帽先生，那套茶具长什么样？"

"你算是问对人了，那是一套雕刻着精致蔷薇花纹的银茶具，正常看，由一只茶壶和五只茶杯组成。平时放在配套的银制托盘上。对了，每只茶杯还配了一把漂亮的小勺子。"疯帽匠显然对自己的茶具很自信，当被问到这个问题时，用骄傲的语气眉飞色舞地回答道。

"我没记错的话，你之前说的是六只茶杯。这是怎么回事？"我却从疯帽匠的回答里发现了前后矛盾的地方。

也许是早就猜到我会这样问，疯帽匠的嘴角勾起了一丝得意的笑容，答道："这就是那套茶具的厉害之处了。平时放着不用的时候，就是一只茶壶和五只倒扣在托盘上的茶杯，实际上它还藏着第六只茶杯呢。你猜最后一只茶杯藏在哪里？你一定想不到，茶壶的壶盖，就是第六只茶杯。怎么样，是不是很厉害？"

一谈起自己的茶具，疯帽匠就会得意忘形，可以看出，他对那套茶具确实相当满意。我没打算给他继续得意的时间，连忙问道："那只消失的茶壶大概有多大？"

我的话音刚落，前一秒还眉飞色舞的疯帽匠表情瞬间僵住了，他愣了好一会儿，才抬起无力的手，指了指自己头上的黑色礼帽，有气无力地说道："就像帽子一样大，所以它才是完美的。"

"疯帽先生，你为什么要在泡完茶后离开屋子？当时你去了哪里？在做什么？离开屋子前为什么要特意锁门呢？房门的钥匙就只有一把吗？"我抓紧时间，问出了另外几个问题。

面对我的提问，疯帽匠却支支吾吾起来。

"锁门是因为房间里放满了他的那些宝贝帽子。我之前和他开过一个小玩笑，把他的一顶小帽子藏到了另一顶大帽子里。我明明没有把他的东西带出去过，可从那以后，他就疑神疑鬼起来，只要出门就会把房门牢牢锁住，然后贴身带着唯一的钥匙。我都和他说过多少次了，那不过是个小玩笑罢了，我没有偷东西的癖好。可他还是防备着我。不过他的这个举动也证明了，他其实很清楚，我只能让自己消失，想要隔着上锁的门带走屋里的东西是绝对做不到的。

"至于他一个人去干了什么，说出来你一定会觉得很有趣。他在森林里练习脱帽礼！为了在爱丽丝到来的这一天表现得像一个绅士，他可是躲起来练习了好久呢。疯帽子，我说的对不对呀？"柴郡猫代替疯帽匠回答了我的问题。

说到最后，柴郡猫居然抱着他那圆滚滚的肚皮在半空中打起滚来。很显然，这是柴郡猫对疯帽匠冤枉他偷东西的报复。

"你什么时候看到的！"疯帽匠惊讶地后退了半步，苍白的脸上浮现出一丝病态的潮红，语气惊慌地喊叫起来。

"每一次都看哦！而且，你已经练成习惯了吧，现在看到有人来，都会做那套动作，刚刚三月兔回来的时候，你也假模假样地做了一遍，实在太好笑了，哈哈哈！"看到疯帽匠的样子，柴郡猫笑得更厉害了。

在柴郡猫的笑声里，我回忆起初见疯帽匠时，他对我做出的那个诡异中透着优雅的动作。万万没想到，他竟然做到了这种程度。看着陷入窘境的疯帽匠，我觉得他有些可怜。为展示自己最好的一面而用心练习，是绝对不应该被嘲笑的。

"柴郡先生说了，他之前把小帽子藏在了大帽子里，这次的茶壶会不会也是同样的情况，是被藏到某顶大一点的帽子里了？"为了缓解尴尬，我提出了一种对茶壶丢失之谜的猜想。

此话一出，柴郡猫最先不乐意了。

"小姐，你也在怀疑我吗？很可惜，你的猜想是错的。我从昨晚开始，就在森林里等爱丽丝，指引她来到这个地方。根本没有时间开这种无聊的玩笑。而且，你觉得同样的手段，我会用两次吗？"

"很遗憾,柴郡这家伙没有说谎。发现茶壶不见后,我就想到了这种可能性。不仅是大一点的帽子,我翻过了屋子里所有能藏下茶壶的地方,哪里都找不到。茶壶和偷走茶壶的小偷,就是凭空从上锁的房间里消失了。"疯帽匠也收起了先前的窘态,否定了我的推理。

我不置可否地晃了晃脑袋,并没有因假设被推翻而感到沮丧,毕竟,我说出这个结论的目的只是解救陷入窘境的疯帽匠。

可如此一来,银茶壶的丢失,就真的是不可能犯罪了。

按照疯帽匠和柴郡猫的叙述,疯帽匠在上午泡完茶离开屋子后,整间"礼帽馆"就处于绝对封闭的状态,唯一的钥匙也在疯帽匠自己手上。而唯一有可能自由出入密室的柴郡猫,却也没有携带外物一同消失的能力。

最后留下的线索,便只有睡鼠的证言了。根据睡鼠的证言,他在院子里睡觉时,曾被屋内传出的金属碰撞声吵醒,差不多同一时间,还听到了一声猫叫。这一证词,也成了疯帽匠认定柴郡猫进入过密室的证据。

就如先前的推理一样,柴郡猫即便真的进入过密室,他也没有能力带走茶壶。除非柴郡猫在自己的能力上撒了谎,不然就只能认定银茶壶是被可以出入密室的他藏在了屋内的某个角落。疯帽匠就是这样认为的。然而,这一推论其实已经遭到了否定。屋子里根本没有能藏下礼帽大小的银茶壶的地方。况且,从柴郡猫气急败坏的表现来看,我也不认为他撒了谎。

对银茶壶失踪之谜的调查,就这样走入了死胡同。

我曾在爸爸读的那些推理小说里,看到过许多被冠以"密室消失之谜"的诡计。在面对那些问题时,书中的名侦探是如何解决的呢?如此想着,我便在脑中极速回忆着看过的各种密室,试图寻找与当下情况类似的诡计,却毫无突破。

"天哪,距爱丽丝到这里只剩下半个小时了。"三月兔惊恐的声音再一次响起,打断了我本就毫无进展的思绪。

就在这个瞬间,一种奇异的想法不受控制地汇入我对密室之谜的思考中。是三月兔的哀号提醒了我。

"对呀,这个世界是'爱丽丝梦游仙境'的世界。这个世界的存在与毁灭都不能按常理来理解,这里有着完全不同于现实世界的运行法则。所以,要破解这个世界的密室之谜,绝对不能用正常世界的思维来考虑。这种情况,放在推理小说中,就是所谓的'设定系推理'吧!"我用有些兴奋的语气说起了疯帽匠等人听不懂的话。

那么,在"爱丽丝梦游仙境"的世界里,是否有着那种特殊的、可以用来解开谜团的设定呢?当我这样想的时候,我抬眼瞥见了前方那座被我取名为"礼帽馆"的房子,一个大胆的猜想骤然在我脑中成形。

"疯帽先生,这个世界里,是不是有那种吃了会让人变大或变小的蘑菇?"我记得原著故事中存在这样的东西,不顾几人疑惑的神情,连忙向疯帽匠确认。

"对,有啊。那两种蘑菇长得都很奇怪,很难辨认,特别容易误食。一旦进入体内,就会让体积变大或变小二十倍。人或其他生物吃了的话，要三小时左右才能恢复。当然，也有快速变回原样的方法，就是在变小的时候吃下变大蘑菇，在变大的时候吞下缩小蘑菇。你可要小心，别乱吃森林里的蘑菇哦！有些看上去像花的，也不能乱吃，因为那也有可能是蘑菇。"疯帽匠不知我为什么会突然问出这个问题，但在短暂的疑惑后，还是认真回答了我。

"我或许能解释小偷取走银茶壶的方法了。"听到疯帽匠确定的回答后，我胸有成竹地开口说道。

第四章

"你知道犯人是怎么偷走茶壶的了？等等，你刚刚问缩小蘑菇的事情，该不会是想说，犯人是通过吃下缩小蘑菇变小，从常人无法通过的缝隙里出入我家的吧？很遗憾，这是不可能的。你仔细看看，这栋房子根本没有那样的缝隙。就算有，也只能解释除了柴郡外,其他人也有可能出入这间房子,依旧解释不了犯人是如何从室内带走茶壶的。"疯帽匠不等我开口,就给出了否定的结论。

"疯帽先生,我可没说犯人是用缩小蘑菇偷走茶壶的。事实与你想的正好相反,犯人利用的,是放大蘑菇!"我说出了这个放在平时,绝对不好意思说出口的解答。

"放大蘑菇?你在说什么?"疯帽匠难以理解地歪着头问我。

我并没有退缩,继续自信地说道:"犯人除了放大蘑菇,还用到了建筑诡计!疯帽匠先生,我猜得没错的话,你的这栋屋子,是没有底座和地基的吧?"

"你是怎么知道的!"疯帽匠惊讶地看着我,用不可思议的语气惊呼起来。

他的这个反应,正好佐证了我的猜想。

果然,如我所想,眼前的这栋建筑是没有底的。这种想法其实早在我看见"它"的第一眼时就产生了。在我看过的那些推理小说里,一旦出现造型奇特的建筑，就一定存在着比其造型更为离谱的隐藏设计。当我在心里为这栋建筑取名为"礼帽馆"时，就想到过这种可能。它不仅外观看起来像帽子，还和世界上的所有帽子一样，都没有底。它建造于这片林间空地之上，就像一顶帽子戴在光秃秃的脑袋上，只有这样，它才能配得起"礼帽馆"的称号。

"难道你想说，因为我的房子没有底，所以犯人是通过挖地道的方法进入室内偷走茶壶的？这也是不可能的。的确，我家的四壁和地面并不相连，但我在地面铺了一层地板。发现茶壶不见时，地板完好无损，根本没有被撬开过的痕迹。"疯帽匠短暂失语后，又对我的推理予以了否定。

"我可没说犯人挖了地道。疯帽先生，我不是说了吗，犯人还用到了放大蘑菇。他其实根本没有进入过室内，他是在院子里吃下放大蘑菇后，用变得巨大的体形和力量，像摘帽子一样，把整栋屋子给抬了起来。在取走屋内的茶壶后，又把屋子盖了回去。接着，他再吃下缩小蘑菇，变回原来的大小。这就是银茶壶从密室消失的真相。"我一口气说出了自己的推理。

不知过了多久,疯帽匠才从震惊中缓了过来,像是接受了我的推理一样,有些呆愣愣地问道:"是谁做了这种事情?"

我早料到他会这样问,目光已然锁定在了心目中的那个犯人身上,用严厉的语气说道:"睡鼠先生,你还要装睡到什么时候?只有全程在院子里的你,才有可能做到这一切。如果真和你说的一样,屋里传出的猫叫声和金属磕碰声都能把在屋外的你惊醒,那屋子被整个抬起来,你不可能一点都察觉不到。所谓的猫叫声和金属磕碰声,不过是你为了栽赃柴郡先生和拖延时间而编出来的谎言。

"睡鼠先生,别装了,你不可能睡着的。我从一开始就觉得很奇怪,这个世界从茶壶消失开始,就发生了种种异常。现在明明是三月,三月兔先生和疯帽先生却都变得神志清醒,柴郡先生则是失去了消失的能力。不可能只有你不受影响。你其实早就不困了吧,从刚才开始,你就一直在装睡。"

话音刚落，我感觉周围一下子安静下来，直到一个有气无力的声音将死一般的寂静打破。说话的，正是在我推理结束后缓缓睁开眼睛的睡鼠。

"小姐，你说的没错，我确实没有睡着。从几个小时前开始，我就睡不着了。"

我记得有句古话叫"你永远都叫不醒一个装睡的人"，现在我却叫醒了一只装睡的老鼠。睡鼠的醒来，似乎在证明我的推理是正确的。这让我不免有些得意起来。

"睡鼠，你为什么这么做？难道是因为你成天睡不醒，没能真正体会过清醒的感受，所以想通过这种方法在世界毁灭前清醒一回，然后拉着我们所有人一起，陪你陷入永久的安眠吗？别闹了！快把茶壶交出来！"疯帽匠在见到睡鼠清醒后，焦急地追问起茶壶的下落。他甚至已经为睡鼠想好了动机。

我发现，清醒的疯帽匠，似乎很擅长站在他人的角度，思考出一些奇怪但又合理的动机。先前他就为柴郡猫编造过类似的动机。有一说一，他这个能力还挺适合来写新本格推理的。但我不认为睡鼠偷走银茶壶的理由和疯帽匠说的一样。

果然,睡鼠很快就否定了疯帽匠的胡乱猜测。让我没想到的是,他也一并否定了我的推理。

"柴郡说的没错,疯帽子你果然是急糊涂了。如果我是为了体会清醒的感受,那为什么还要继续装睡呢?再说了,这位小姐初来乍到不清楚情况,你家里的情况自己还不了解吗?她所说的这种方法,根本行不通。你忘了你家里墙上挂着的那些帽子了吗?"睡鼠用有些无奈的语气对疯帽匠和我这样说道。

在听到睡鼠的提醒后,疯帽匠瞬间反应过来。他一拍脑袋,懊丧地长叹一声,眼中刚升起的希望之火又熄灭了。

"这是怎么回事?"我不解地问道。

"这位侦探小姐,你有所不知,疯帽子的家里,摆满了他做的那些旧帽子。他把那些帽子都挂在房间的墙壁上。如果我真像你说的那样,变大后搬动了房子。那些挂在墙上的帽子一定会散落一地的。就算我第一次搬开房子后，又小心翼翼地把帽子挂了回去，可我重新盖回房子的过程，一样还会让帽子散落。事实上，疯帽子在打开房门后，并没有看到这种情况。而且，这里只有疯帽子记得每一顶帽子排列的位置，如果我重新挂过那些帽子，顺序一定会乱。所以，你说的那种手法是不可能做到的。疯帽子，如果你不相信，就去确认下那些帽子的顺序有没有乱吧。"睡鼠用无比平静的口吻，将我的推理彻底推翻。只不过，他所描述的疯帽匠的家，总让我觉得有些熟悉的感觉。

疯帽匠似乎还不想放弃，他掏出钥匙，准备打开在银茶壶丢失后重新被他锁上的房门，以确认睡鼠的话。

趁着这个间隙，我向睡鼠提出了最后一个问题："睡鼠先生，既然你没有偷银茶壶，那你为什么要装睡？"

"小姐你误会了，我没有想骗大家的意思，我只是像往常一样，在尝试让自己睡着而已。我到现在才发现，能睡着真是一件幸福的事情。不过我也不害怕，或许跟着世界一起消失的感觉和睡着差不了多少吧。"睡鼠没有怪罪我的错误推理，而是用温柔的语气解释道。

"对不起，睡鼠先生，是我误会了你。这样一来，你说听到的声音都是真的了，一切又回到原点了。"睡鼠的态度让我羞愧难当，我真诚地向他致歉。

"不必自责，你不了解情况嘛。我确实听见了猫叫声和金属磕碰的声音，事实上，我就是从那个时候起，才开始睡不着的。不过，有件事我从刚才就想说，小姐，你的——"

睡鼠依旧用温柔的语气安慰着我，但他的话还没说完，就被一声悲惨的哀号打断。

"噢，顺序果然没有变……只剩下最后十分钟了……天哪，我该如何面对爱丽丝。是我毁了她的冒险，都怪我太大意……"

发出近乎哀号声音的是疯帽匠。他抱着最后一丝希望，确认了我的推理是错的，结果更绝望了。

我顺着声音传来的方向看去，一眼就瞧见了呆呆伫立在敞开屋门前的疯帽匠的背影。其他人也都同样看着那个背影，这一次，就连柴郡猫都没有嘲笑他。

直到此时，我才意识到，疯帽匠的急躁，都源自他的自责。他其实很明白，柴郡猫没有偷走茶壶。他只是不愿意面对，是自己的不小心搞砸了一切。他如此痛苦，并非在畏惧即将到来的湮灭，而是愧疚于自己毁了原本属于爱丽丝的奇妙冒险。

无论疯癫还是清醒，疯帽匠真正在意的，都只是那个命中注定将会与他相遇的女孩。那练习了无数次的脱帽礼，正是他为了这一天而存在的证明。除了疯帽匠，柴郡猫、睡鼠、三月兔他们，又何尝不是这样呢？我不禁感叹，爱丽丝真是一个幸福的女孩。

我能够理解这种幸福，是因为我也被爱着。正是因为我能够理解这种幸福的重量，才更能理解此时疯帽匠他们的痛苦。我第一次意识到，推理并不是能够随口胡说的游戏。虚假的希望，并不会改变不幸的本质，而会加深人们对不幸的感知。

我开始不敢直视疯帽匠落寞的背影，下意识地把目光挪开，让视线越过疯帽匠的身体，投向那个银茶壶消失的房间。就在我看清那个房间内景象的瞬间，我的灵魂仿佛被一道闪电击中了。

那个房间，我进去过！

难以言说的震惊让我僵在了原地。脑海中，怪异梦境中的场景伴随着失重感一同回归。围绕在眼前的迷雾，也在这个瞬间彻底消散了。

第五章

像是受到了某种神秘的感召一般，我不顾疯帽匠等人的询问，呆呆地径直走入疯帽匠的家里。眼前的画面越发清晰。此时，我可以百分百肯定，这间"礼帽馆"的内部，正是我先前"梦"中待过的地方。屋内堆满的那些老旧却做工精致的帽子，与我在"梦"中看到的一般无二。这一事实证明，那个混乱"梦境"中的一切和我此时所经历的一切，其实都发生在同一个世界。

伴随着震惊,来到这个世界后,我第一次低头看向自己的身体,揭开真相的最后一块拼图终于凑齐了。

突然响起的猫叫、梦中飞行的感受、柴郡猫没礼貌的话语、疯帽匠的脱帽礼、茶壶奇特的设计……一时间,无数记忆片段涌入我的脑中,并最终连成一线,将所有谜团的真相清晰地呈现出来。

"睡鼠先生听见的那声猫叫,是我发出来的。"没有丝毫犹豫,我把最关键的结论说了出来。

话音刚落,疯帽匠和柴郡猫率先冲入了屋中,用怀疑但又重燃希望的眼神注视着我,却一时不知该说什么。

反倒是慢悠悠进屋的睡鼠,用恍然大悟的语气"哦"了一声,然后说道:"怪不得,我刚刚就想说,小姐,你的声音和我听到的那声叫声实在太像了。"

"睡鼠先生,你没有听错,那就是我发出的。"我有些不好意思地用脚挠了挠脖子,说道。

"这究竟是怎么回事?所以是你偷走了茶壶吗?求求你了,快没时间了,把茶壶交出来吧。"疯帽匠用近乎哀求的语气说道。

为了不让疯帽匠继续误会，我直截了当地予以回应。

"疯帽先生，我确实进入过这间屋子，这是我刚刚意识到的事情。但我没有偷走你的茶壶。准确地说，在我第一次进入这间屋子的时候，银茶壶就已经'消失'了。"

我回忆着自己"梦"中因为口渴跳到茶几上的托盘里喝水的场景，那个时候，托盘上就已经没有茶壶的踪影了。

"那你为什么会出现在这间屋子里？"最后一个进入室内的三月兔执着地向我追问道。

"因为这间屋子，是我在这个世界的'出生点'。这间屋子，是我从原来的世界来到你们的世界时，最先降临的场所。这就是我能够进入这间上锁房间的真相。"我因为着急，下意识用了"出生点"这种只有在原本所在世界的游戏里才会用到的词语，形容我进入这间密室时的状况。因为担心疯帽匠他们听不懂，才又用他们能理解的话重新解释了一遍。

用"出生点"这个词来形容我来到这个世界的经过，实在是非常贴切。我本是推理作者塘璜当女儿一样养在家里的一只小白猫。今天也和往常一样，安安心心地躺在家里的毯子上，霸占着爸爸的整张大床。当我醒来后，却被莫名其妙的力量召唤到了这间"礼帽馆"里，出现在这个奇妙的世界中。这种感觉就像角色扮演游戏里创建完角色后，主人公凭空出现在游戏世界的家里一样。

"我已经明白你不是故意进入这间屋子的了，可你又是怎么在没能睡着的睡鼠眼皮底下离开这个上锁的房间的呢？"最先理解我意思的是柴郡猫，他提出了这个问题。

随着柴郡猫的提问，我回忆起了那个"梦"中所经历的一切，接着回答道："我是在昏睡的情况下，被疯帽先生带离这间屋子的。"

被我突然提及，所有人都看向了疯帽匠。他自己则难以置信地指了指鼻子，然后摆手否定起来："不可能，我今天进出屋子的时候，根本没有看到过你，也不可能把你带出屋子。你倒是说说，我是什么时候把你带出去的？"

"我是在你练习完脱帽礼，返回家中换上黑色礼帽并发现茶壶不见时，被你带出这间屋子的。我出现在这间屋子的时候，茶壶已经不见了，所以我只能是在你第二次返回家中，打开门锁后，才被带离密室的。"

"这不可能！我当时根本没有看到你。"

"那是因为我在这个梦中的世界，变成了一只黑猫。"我说出了让包括疯帽匠在内的所有人都难以理解，却正是解开我从密室消失的谜团关键的一句话。

我是直到刚才看向自己身体时才注意到的：在这个世界中，我浑身长满了黑色的猫毛，我从原本的白猫变成黑猫。这种变化，和我最开始想到的那种理论相符。这里是梦境的世界，而梦境中如果出现真实世界里见过的人或物，极有可能是以相反的形象出现的。我本想通过这个理论来判断此处是否为梦境，却苦于此地没有我在现实中见过的人或事物。我忽略了自身正是这个陌生梦境世界里，唯一存在的"现实之物"。正因如此，在梦境中，我成了与现实中的自己截然相反的黑猫。我想起了柴郡猫曾表示我的名字很奇怪。现在想来，难怪他会做出那种失礼的评价。毕竟，一只纯黑的猫自称"小雪"，实在是很违和。

"你想说黑猫藏在角落里的话，不容易被发现吗？或许，我在匆忙中会注意不到房间角落里躲着一只黑猫。但你说是我把你带出去的，这是绝对不可能的。"疯帽匠继续否认。

"那是因为我当时还变小了，原因是喝了这间屋子里的水。"我解答了疯帽匠的疑问。

我记得，在那个混乱的"梦境"中，我喝下了现场的水后，发现整间屋子都在膨胀变大，那个画面正是我身体在瞬间缩小的证明。而在那之后，缩小的我被某种力量甩飞了出去。

究竟是什么，将缩小的我甩飞的呢？

此时，我已经有了答案。我把目光锁定在银制托盘上为每只茶杯配备的小勺子上。正是这个小东西，将缩小的我甩飞出去。想来，当时喝水的时候，我一定是不小心踩到了其中一把小勺子，等到我身体缩小，重量减轻，被我踩得翘起的勺子便把我弹飞了出去。我在缩小的瞬间本能地惊呼出声，而在这个过程中，勺子又和托盘发生了碰撞，这便是睡鼠先生听到的猫叫声和金属磕碰声的真面目。

在那之后，我又经历了什么呢？

我把目光转向了疯帽匠头上的那顶黑色礼帽。那便是我被甩飞后坠落的地方。我正是在那黑色的礼帽上昏睡了过去，并被将其换上的疯帽匠带出了这间屋子。记忆中，我曾感觉自己在混沌的黑暗中缓慢飞行，那正是我沉睡在礼帽上，被疯帽匠带离房间时的体感。

我将自己的推理简单地向疯帽匠解释了一遍，他则提出另一个问题："确实，纯黑的你要是缩小后藏在我的帽子上，我一时间没能发现也不奇怪。可你现在变回了原样，而且我记得你是从院子外的树林里出来的。如果你当时正在我的礼帽上沉睡，又怎么会在变回原样后出现在院子外的树林里呢？"

"疯帽先生,你在换好帽子离开房间后,又遇到了赶来的柴郡猫先生和三月兔先生。那个时候,你做了什么?"我意有所指地反问道。

话音刚落,疯帽匠立马惊呼起来:"原来是这样!"

显然,疯帽匠已经理解了我出现在草丛中的原因。正是他练习了许久的脱帽礼,将我甩飞到了院外森林的草丛当中。这便是我在混沌的意识中,感受到的最后一次坠落感的真相。想来也是十分惊险,我在变小后两次被甩飞,若不是落在了帽子和草丛上,很有可能会受伤。若是如此,我很有可能无法在一段时间后,安然无恙地恢复原本的大小,并在草丛里被疯帽匠和柴郡猫的争吵声唤醒。

以上,便是我出现并消失在密室中的全过程。

在听到我的解答后,疯帽匠等人很快又陷入了消沉。他们原以为我是偷走茶壶的犯人,主动承认后会交出茶壶。可按照先前的说法,我的存在并不是造成茶壶消失的原因。一切似乎又回到了原点。导致这个世界即将崩溃的茶壶,依旧没有被找到。距离这个世界崩溃，只剩下最后五分钟了。

"你们别这样。那只茶壶还在这间屋子里哦。我确实不是偷走茶壶的犯人，但我从密室出现并离开的经过，正是找到那只茶壶的线索。"我的一句话，让无精打采的几人重新振作起来。

说话的同时，我纵身一跃，跳到了放着银托盘的茶几上，在众人费解的目光下，伸出爪子，像平时为了叫醒爸爸而拍倒桌上的马克杯那样，熟练地将倒扣在托盘上的六只银茶杯一一拍翻。

"提示是'我为什么会缩小？'。我说过，我是喝了屋子里的水才变小的。你们不觉得奇怪吗，为什么当时托盘上会有水？为什么我喝了那种水会缩小？只要解开这两个问题，茶壶消失的秘密就解开了……"我一边拍倒茶杯，一边说着自己的推理，直到拍翻最后一只银茶杯，将倒扣在其中的真相显现而出，我才停顿了片刻，长出一口气后宣布道："瞧，茶壶这不就出现了吗？谜团已经全部解开了！"

伴随着我话音一同出现的，正是隐藏在第六只茶杯之下的，被缩小的银制茶壶。

扫了一眼疯帽匠等人目瞪口呆的表情，我满意地点了点头，用自信的口吻进行着最后的解说："疯帽匠先生，你先前在描述缩小蘑菇的时候是这样说的：'一旦进入体内，就会让体积变大或变小二十倍。人或其他生物吃了的话，要三小时左右才能恢复。'我当时以为是你说话的方式有些奇怪，但细想之下就能明白，你刻意强调生物吞下后需要三小时恢复，正是在说：缩小蘑菇进入非生物体内一样会让其体积缩小，只不过非生物不会像生物那样，因为消化而使缩小蘑菇在三小时后失去效力。将含有缩小蘑菇碎块的茶包放入茶壶的壶体当中，同样也算是让'缩小蘑菇进入体内'。这便是银茶壶'消失'的真相。

"它不是消失了，只是在缩小后被原本是第六只茶杯的壶盖给倒扣住了。你们调查过所有可以藏下茶壶的地方，却没料到原本礼帽一般大小的茶壶，缩小到了比杯子还小的程度。我醒来时，喝到的托盘上的水，正是从缩小的茶壶中溢出来的。正是因为我喝到了那种泡过缩小蘑菇的茶水,才导致身体变小。这就是全部的真相。没有偷走茶壶的犯人,硬要说有的话,那就只有把这个茶包带来的三月兔先生了。"

在我解答的同时,疯帽匠已经赶到茶几前,把被挤压变形的茶包从缩小的茶壶里抠了出来。随着他的这一举动,茶壶变回了原本的大小。

茶壶的失而复得,让在场几人几乎喜极而泣。就在茶壶变回原本大小的瞬间,我明显感觉到,那种我来到这个世界后始终如影随形的不协调感消失了,这个世界免于崩溃的命运了。

"你为什么把缩小蘑菇放到茶包里!我不是让你采一些新鲜的花,做成花茶的吗?"疯帽匠在激动之余,有些生气地质问三月兔。

睡鼠和柴郡猫同样也把目光投向窘迫的三月兔。

"大家别怪三月兔先生了。疯帽先生,你不是说过缩小蘑菇和放大蘑菇造型奇怪,有些看上去就像花一样吗?三月兔先生只是不小心搞错了。而且,大家别忘了,现在可是三月哦。在茶壶'消失',世界没有发生异变之前，三月兔先生可是处于精神不正常的阶段，会不小心搞错，也在情理之中。这一切，不过是一场意外。"我为三月兔解释道。

听到我的话，疯帽匠的怒气也消了，想清楚后，他语气平和地安慰三月兔道："我也不能怪你，当时我们都疯疯癫癫的，事实上我也没有发现茶包的异常。幸好有这位美丽的侦探小姐出现。"说着，疯帽匠把目光投向了我，用无比真诚的语气对我说道："我感觉自己的理智快没了。不敢相信，我居然会庆幸自己此时是清醒的。请我在重新疯回去前，郑重地感谢你吧。谢谢你，是你拯救了这个世界，拯救了我们。"

说罢，疯帽匠再次用他练习了无数遍的脱帽礼向我致意。一旁的柴郡猫、睡鼠、三月兔也都学着疯帽匠的样子，向我表达了谢意。

我还没等细细品味这份感谢，就感觉到自己的身体正在变得轻盈，我在这个世界能体会到的实感也逐渐虚无起来。看样子，随着世界回归正轨，这个奇妙的梦中世界开始排斥不属于这里的我了。原来，我寻找的离开的方法,就是解开发生在此地的谜团啊。

趁着最后的时间,也趁着疯帽匠还有理智,我问出了来到这个世界后,一直想问却没有时间问的问题,那个从《爱丽丝梦游仙境》诞生以来,就被人们讨论至今的不解之谜。

"疯帽先生,你能告诉我为什么乌鸦会像写字台吗?"

就在我问出这个问题的瞬间,我感觉眼前的画面一花,意识也陷入一片混沌中。

再次睁开眼时,映入眼帘的,是爸爸贴到近前的大脸。

"雪宝让爸爸呼呼。"爸爸和平时一样,说着谁也听不懂但就是很"猥琐"的话,接着,便把脸埋到了我的身体上,疯狂蹭了起来。

奇妙梦境中的冒险依旧历历在目,也让我疲劳到懒得反抗。唉,有谁来救救我这个拯救了世界的名侦探呀……

看着名侦探唐小雪如柴郡猫般消失不见。疯帽匠几人面面相觑,谁都不知道名侦探最后留下的谜题究竟是什么意思。

"或许同样是异界来客的爱丽丝会知道吧。等一下问问她。"疯帽匠一边沉思,一边自言自语起来。

"哦,茶壶虽然找到了,但现在来不及重新泡茶了,该怎么办?"三月兔突然意识到这个关键问题。

"没时间了,想办法别让爱丽丝喝到茶吧。"如此说着,疯帽匠最后的理智消失了。

与此同时,一个穿着蓝色裙子的小女孩,出现在林间空地的边缘。

作者简介

塘璜，新锐推理作者，苏州市作家协会会员。痴迷于古典本格和日系新本格推理小说。钟情于阿加莎·克里斯蒂、连城三纪彦、西泽保彦。

短篇系列"死亡的交集"连载于《推理》杂志（全版）。曾为网络综艺节目《明星大侦探·第五季》提供过诡计，改编为第九期《木偶复仇记》。

首部长篇推理小说《回不去的故乡》获第四届牧神计划·新主义悬疑文学大赛二等奖;《群星坠落的画卷》与《幽灵侦探的反向密室》分别获第六届牧神计划·新主义悬疑文学大赛"长篇组"一等奖与"中短篇组"三等奖;《献给永生者的葬礼》入围首届新星国际推理文学奖"长篇部门"决选。

猫的报仇

慢 三

1

女儿的外婆打来电话,说米糕生了两只猫崽,嘱咐她周末回去看看。挂了电话,女儿欢呼雀跃。她是一个如此热爱动物的天真孩子。但妻子并不快乐,她不喜欢母亲以这样的"手段"来让我们回去。我安慰她,无所谓,就这样吧,让孩子多见见外婆也好,亲情也是教育的一种嘛。妻子勉强答应了。

然后就到了周末。

一个小时的车程后,我们来到了位于乡下的孩子外婆家。停好车,站在院门外,妻子踌躇不前。自从读大学离开之后,她就很少回来,抱着一副要远离的姿态。然而前几年,我们一家从北京搬回到 S 城,离这里只有不到一百公里的路程,"回家"就成了一种她不得不面对的负担。

尤其是孩子外公去世之后。

"囡囡,你知道这个房子是什么时候建的吗?"妻子问道。

"应该是你小时候吧,看起来很老了。"女儿回答。

"是我八岁的时候,就和你现在一样大。"

"哇,这么老啦,"孩子童言无忌,"我也好想有一个这样的房子呀。"

"外婆家就是你的家呀。"

外婆已经从屋子里出来了,笑眯眯地看着外孙女。

"外婆,小猫呢?"

"在里面呢。快去看吧。"

女儿一听,立刻冲进了院子里。站在门口的三人略显尴尬。我叫声了"妈",也低头进了院子。每次夹在这对积怨已深的母女之间,我都有点不知所措。

院子里有一棵高大的桂花树。正值农历八月,但这棵金桂还未盛开。女儿此时正蹲在树下,朝一只硬纸板箱里探头观看。小猫应该就在里面吧。

我走上前,从上方俯视。果然,里面有一只白色的大猫（也就是米糕）侧身躺着，在她的腹部，两只浅色的小奶猫正眯着眼，幸福地吮吸着妈妈的奶头。

"哇，好可爱啊。"女儿说道。

"是啊。"我记得米糕也才不到一岁的年纪，竟然已经当妈妈了。

"米糕——"女儿伸手想去抚摸，但平时性格温驯的米糕突然伸出了爪子，在空中猛地挥舞了一下，吓得女儿赶紧缩回了手。

"米糕现在是妈妈了。妈妈会保护孩子的，你要小心一点。"

女儿嘟了嘟嘴，依然没有离开，充满怜爱地看着三只猫。

"也不是每个妈妈都会保护自己的孩子。"我回过头，看见妻子已经进来了，双臂抱胸，一脸冷淡。外婆跟在后面。也不知道她们母女俩刚才见面又说了什么，显然没什么好话。

"可是真的好可爱呀，好想摸摸和抱抱这些小宝宝哦。"女儿继续说道。

"来,外婆帮你。"

只见外婆走了过来,伸出手,探入纸箱,也不管它们是不是在吃奶,直接就把它们从米糕的怀里抓了出来。米糕愣住了,见是外婆,没来得及反应,只能眼睁睁地看着孩子们被抓走。

现在,这两只可爱的小家伙就坐在水泥地上,似乎还不怎么敢走路,只是胆战心惊地面对巨大人类的审视。女儿先把其中一只身上有黑点点的抓到怀里,另外一只奶白色的则在我的帮助下,也被抱了起来。一边一只,她一脸幸福。

"你小心点,别把小猫摔着。"妻子又开口了,语气中透着严厉。

"没事的,"我连忙打圆场,"囡囡,你给它们取个名字吧。"

米糕的名字就是女儿给取的。

女儿想了想,表情天真可爱,一瞬间,我觉得她跟外婆长得很像。

"要不给它们取名叫珍珠奶茶吧。这只有点点的叫珍珠，那只奶白色的叫奶茶。"

"哇，这两个名字真好听。"对女儿的教育，我一向以夸张的赞美为主。

"好了好了，"妻子走了过来，"你现在把珍珠、奶茶还给它们的妈妈吧。它们还小，要吃奶休息了。"

"再让她玩一玩吧。"外婆说道。

"玩什么玩？还这么小，别被玩死了，又没打疫苗，不小心抓伤了还得去打针。"

外婆轻轻叹了口气。

"来，给我吧。"

我把两只小猫从一脸不舍的女儿手里抱过来，然后一一放回到米糕身边。刚一放下，两只小猫立刻就把嘴凑到了妈妈肚子上，贪婪地吸吮起来。

离开之前，我似乎从米糕的眼睛里看到了一丝转瞬即逝的怒火。

也许是我的错觉罢了。

2

妻子与她母亲的恩怨由来已久，可以追溯到她小的时候。

妻子是独生女，生长在二十世纪八十年代初的江南一带。勤俭、要强的父母每天都要出门干活，从早到晚，经常把当时还不满十岁的妻子独自一个人扔在黑乎乎的家里。

"他们那个时候就不怎么管我，我到处遭遇白眼和歧视。说得严重点，我从小就是一个缺爱的孩子。"

因为家里没有人做晚餐，妻子只能去隔壁家蹭饭。有时候去的是奶奶家，但每次奶奶都要骂她，多吃一块豆干都要唠叨半天，难听话一大堆。一开始她还不理解为什么奶奶要这么对自己，后来她才意识到，奶奶是怕住在隔壁家的大娘有意见，所谓一碗水要端平嘛。于是，她就去村里的同学家，今天吃这家，明天吃那家，一开始还好，次数多了恶言恶语也就多了。

"哟，小花花，你爸妈能耐大啊，每天干活干活，赚很多钱吧。"

"小花花,你爸妈为了赚钱都不要你了,你给我家儿子当媳妇怎么样?"

妻子当时虽然小,但一早就知道,这些都不是什么好话。她家确实是村里最早盖楼房和买彩电的,但越是积极努力、拼命要强,越是被人嫉妒和嘲笑。

多数时候,吃完饭后父母还没有回,她就只好一个人回家,坐在黑咕隆咚的院子里发呆。最让她恐惧的是家里的那口井。有一年夏夜,她打水的时候从里面冒出一个人头来,她吓得摔倒在地,大哭大叫,仔细一看,才发现是父亲冰在井里的西瓜。

"直到现在,我最喜欢的还是下雨天。"有一次,她惆怅地跟我说,"因为只有下雨天,父母才会待在家里不出门。"

当然,如果仅仅是这些,还不至于导致母女关系破裂。

妻子的母亲是她家族里最小的,在她上面有好几个姐姐,还有一个哥哥。哥哥是唯一的男孩,从小好吃懒做，可所有的姐妹都惯着他。这样一来，这个小妹妹受到忽视便很正常了。而越是被忽视，她就越要讨好哥哥姐姐们。这其中的一个重大表现，就是故意贬低自己的女儿。

因为妻子长得像父亲，皮肤比较黑，所以小时候，当那群姨妈聚在一起闲聊的时候，就会肆无忌惮地开玩笑，说妻子是从医院门口垃圾箱里捡回来的野孩子。通常这种情况下，"我妈只会在一旁跟着傻笑。"妻子愤愤不平地说道。

有一年，妻子被送到镇上大姨家去过暑假。势利的大姨每天晚上都要用毛巾包住她的头，说她不干净，头里长虱子。到了白天，大姨出门时会用锁把她锁在屋里，理由是怕她出去闯祸。

"你是不知道我那时候多难过。"妻子眼泪都下来了，"后来我干脆翻墙逃了出去，跑回了家。你知道我妈说什么吗？我妈居然让我回去跟大姨道歉，我不愿意，她就用绳子把我捆了起来，绑到大姨家，直接让我跪在大姨面前。我这辈子都忘不了大姨那种高高在上的眼神。但我不恨她，我恨的是我妈，她才是那个真正的罪魁祸首。"

从那以后，妻子就发誓要离开这里。

幸运的是，她高考成绩不错，填志愿的时候，她刻意挑选了一千公里外的北京某大学，最后如愿以偿。

在北京，我们相遇相爱，结婚生子。遗憾的是，因为各方面原因，我们不得不离开北京，来到 S 城定居。S 城离她老家只有一小时的车程，所以她母亲就经常施压，要求我们周末回家探亲。这让妻子愤怒不已。

"我只要一不回去，她就给她的那些哥哥姐姐打电话，说我这个女儿不孝。我真是恨死她了。"

"不孝"这顶帽子是一项非常厉害的武器，虽然暂时有效，但导致的结果是母女俩的矛盾更深了。自从父亲去世后，妻子就感觉身上卸下了一半的担子，也敢公开跟自己的母亲对抗了。到了后来，干脆就不回老家了，有时候，甚至好几个月都没有打一个电话回去。

"她爱怎么说就怎么说吧，我不在乎。"

妻子每次回老家,都带着怨气;每次走,则带着怨火。

所以,这次米糕生小猫事件只让我们一家在这幢老房子里待了不到一小时,随后,我们就开车回去了。

就这样,又过去了一个星期。

到了周末,妻子又接到了她母亲的电话,电话转到了女儿手里。接完电话,女儿就开始号啕大哭。

"怎么了?"我好奇地问。

"外婆说,珍珠不见了。"

3

我们坐在乡下的灶屋里,听外婆喋喋不休地解释着事情发生的经过。

"……我也就去了一趟田里锄毛豆,走的时候没关门……"

"为什么不关门?"妻子质问道。

"我从来就不关门的呀,乡下安全得很,不可能有小偷的……"

"怎么不会有?你这人就没有一点安全意识!"

"你先让妈妈说完。"我说。

妻子"哼"了一声,把脸别过去。我看向女儿。女儿怀里还抱着剩下的那只小猫奶茶,眼泪汪汪的。

"我就去了地里,弄毛豆。回来后,我就把毛豆梗放在后门的地上,然后搬了凳子,又拿了把剪刀和篮子,就开始剪毛豆……"

"你不会说重点吗?"妻子忍不住又插嘴了。

"妈妈!"这次是女儿叫了起来。

妻子站了起来,走出了灶屋,去到院子里了。外婆看了一眼妻子的背影,继续说了起来。

"剪到一半的时候,我突然想起米糕晚上还没有吃晚饭,就站了起来去给它弄吃的。这段时间它不是要喂奶嘛,我就特意给它吃了点好的,用中午剩的红烧鱼汤给它拌米饭吃。拌好之后,我嘴里叫着咪咪、咪咪——"

"她叫米糕!"女儿纠正道。

"只要是猫,我都叫它咪咪,我一叫咪咪,它就来了。那天也是一样,我一叫咪咪,它就来了,然后就蹲在旁边吃东西。我想着去看一眼她的宝宝,就来到了柴房——对了,我把那个纸箱搬到柴房里了,晚上有点冷,那里比较暖和一点。可等我走到它的窝前一看,发现里面就只有一只小猫了。我很惊讶,因为小猫还不怎么会走路啊。我想,是不是米糕把它们叼出来了……但我找遍了柴房也没看见小猫在哪儿。"

"会不会在院子里?"

"我也找了,但没找到。后来我楼上楼下都找了,也没找到。再后来,我开始在家附近的田里找,也没找到。就这样,它消失了。"

"消失了?"

"嗯,消失了。"外婆重复道。

"有没有可能被黄鼠狼叼走了?"我听说过,乡下会有黄鼠狼,但是外婆使劲地摇头。

"不会的,它妈妈在呀,会保护孩子的,而且我看过了,没有任何黄鼠狼进来或者打斗的痕迹,再说,要叼也不会只叼一只啊。"

"那就奇怪了,怎么会突然消失呢?"

"我的珍珠!"女儿眼看着又要哭了。

这个时候,米糕走了过来。它盯着女儿手里的猫宝宝。我看见了,赶紧说:"快,把猫宝宝还给它妈妈。你看,它要生气了。"

"可我还想抱抱。"

"下次吧,它要喝奶了。"

女儿依依不舍地把小猫放在脚边的地上。米糕走到小猫身边,就势躺下,小猫便钻到了它肚子下面,找到奶头,开始吮吸。

"这个小猫妈妈也挺可怜的。"外婆说道,"小猫失踪那两天,她魂不守舍地到处找,也没找到,有时候就躺在院子中央的地上,一动不动地发呆,就像一个失去女儿的人似的。"

说着,外婆看了眼院子里的妻子。妻子正抬头看着那棵仍在含苞待放的桂花树。

"孩子有时候不理解父母,但天下没有哪个妈妈是不爱自己孩子的。"

外婆说了这么一句意味深长的话,就陷入了沉默。

过了一会儿。

"妈,你当天有没有看见什么可疑的人?"我问道。

作为侦探小说家的我,那种与生俱来的好奇心又上来了,觉得这也算是一桩谜案吧。

"当天啊……"外婆似乎一开始没往这方面想,现在她慢慢回忆起来,"哦哦,你不说我都没往那方面想。现在我想起来了,那天隔壁你大娘一直在家,说不定是她进来,顺手拿走了小猫。"

"不可能吧。"妻子不知道什么时候回来了,"人家跑你家里来拿猫?想想都不可能。"

"那你说被谁拿走了?"

"我怎么知道?你不要跟大娘关系不好,就诬陷人家。"

"我才没诬陷她。她是那种做得出这种事的人。"

"你也是这种人。"

"我?这跟我有什么关系?"

"反正这事主要怪你。"妻子冷笑一声,"谁叫你出门不关门的!"

"这也能怪我?"

"不怪你怪谁!没有一点点安全意识,现在是小猫,改天你外孙女被人拐走了,你是不是也要怪别人?"

外婆一听非常生气,起身就上楼去了。妻子抱着胸,也气得够呛。

我不说话,走到这对小猫母女身边,蹲下来看着它们。

那只可怜的小猫此时在妈妈的怀里睡得正香,完全没有意识到危险依然笼罩着四周。

4

虽然小猫咪的失踪让女儿非常难过,但她毕竟只是个孩子,而且也没有与小猫建立豢养的情感,因此,一回到家，她立刻就把这事儿忘得一干二净了。她已经上小学二年级了，每天有作业要做，有小伙伴要一起玩耍，还有兴趣班要上，小猫的事情从此她再也没有提过。

妻子也没有再提过。她不是一个喜欢猫的人，当然，也不喜欢狗。她不喜欢任何小动物。这么说吧，现在她对生活中的绝大多数事情都提不起兴趣，一天到晚除了抱怨就是抱怨。我其实很清楚，她所有的不满其实都可以归结到一点：对我这个丈夫的不满。

简单说就是，我没有让她过上想象中的美好生活。

当然，我知道她并不是一个贪慕虚荣的人。我和她相识二十年，结婚也十多年了，难道还不了解她吗？我们是因为爱情才在一起的。我们结婚的时候，我一无所有，她依然选择跟我在一起，说起来，当年就是所谓的裸婚吧，还挺义无反顾的，所以这不是问题。

问题在于，我至今依然一无所有。

不仅如此，我因为负担不了她和女儿北京的生活，退而求其次，来到了生活成本低很多的 S 城——一个离她老家这么接近的地方。曾几何时，她费了多大的劲儿才离开了这里，离开了父母，远离这一切，现在却被迫回来了。这一切都是因为我。我的无能，是她回来生活的根源。因此，她表面上是在对抗她的母亲，其实是对抗我这个让她陷入此种境地的男人。

但我有办法吗？一点办法也没有。

我只是一个写侦探小说的作家，而且还是不成功的那一类。我出版过几本书，但销量一般，没有获得任何反响，只是靠着微薄的稿费和版税勉强生活，至今还在租房子，开一辆几万块钱的国产二手车（老丈人生前传给我的，他老人家对我倒是挺好）。要不是妻子现在还能接点设计的活儿（她是一个平面设计师），可能连基本生活都成问题。

为此，我们这些年没少吵架，尤其是离开北京、来到 S 城以后。我们还在坚持着不离婚，说到底就是因为孩子，还有就是，一点点念想吧。

年初的时候，有家影视公司找到我，说对我的某部长篇小说感兴趣，愿意花钱买下影视版权。我很激动,权衡利弊得失之后,就报了个价。我固执地认为,只要有了这笔钱,一切问题都将迎刃而解。可是从那以后,对方就一直说在评估,迟迟没有进展,每次问就说别急,让我耐心点。我没有办法,只能等待,因为这几乎成了我活下去的唯一希望。而妻子也发了狠话,如果这次还不成,就离婚吧。

老实说,我很怕看到这一天。我不想失去她,也不想失去女儿。其实我知道她也不想离,但气话说出了口,就变成了一种赌注,大家都在等着看这场赌局的最终结果如何。

在昨晚又一次无端的争吵之后,我坐在阳台上抽烟,望着浓重的夜色默默发呆。

我不知道自己的未来在哪里。

不知道为什么,我想到了那只失踪的小猫,还有那只猫妈妈。

我的妈妈去年也去世了。

我失去了这个世界上唯一的亲人,如果再离婚的话,我在这个世界上就孤身一人了。

想到这里,我非常难过。

我和那只失踪的小猫一样,流浪在世界上,孤苦无依。

想到这里,我的内心萌生了一种奇怪的冲动。

5

第二天,我像往常一样,送完孩子上学之后,跟妻子说要去咖啡馆写作。她正好手上有个活儿要做,根本没空搭理我。于是,我独自开车出了门,十分钟后,就上了去乡下的国道。

一个小时后,我将车停在了离村子五百米左右的小树林里,然后悄无声息地来到了外婆家。

外婆不在家。也许在田里,也许在别人家串门。

我转了一圈后,来到了隔壁的大伯家。

妻子的爷爷生了三个儿子,成年后他们分别从北到南依次盖了三幢两层带院小楼。大伯家在最北面,老丈人家在中间，最前面的是小叔叔家。这三幢小楼在岁月中坚持了三十多年。到了近年，村子里很多人已经开始翻修新房，而大伯家也在儿媳妇的怂恿下，准备盖新房。

在村子里盖房有两个要求：一是不能超出你家原有的土地面积，二是必须得征得你们前后左右邻居的同意。

于是有一天，大伯就拿着盖房的协议来找老丈人，希望他签字。但老丈人没签。原因是，大伯希望弟弟家往前，也就是往三弟家挪动个一米左右，以免遮挡他家的采光。

问题是，老丈人家因为没钱，暂时不打算盖房子。

于是就为了这事儿，大娘直接站在门前就骂开了，话说得很难听。丈母娘，也就是女儿外婆也不是省油的灯，直接回骂。妯娌间本来就有的矛盾现在更大了。总之，一时间难解难分。

最后在大伯的让步下（毕竟是他家要盖房子），老丈人还是签了字，但恩怨还是结下了。以至于后来盖房子的时候,大娘还指使工人直接把建筑垃圾倒在了老丈人家的自留地里,要不是当时老丈人已经住进了医院,没人撑腰,指不定会大打出手。因此,这次猫丢了之后,丈母娘第一时间就把矛头指向了隔壁家。

不过在我这个侦探看来,无论如何,他家确实有嫌疑。

一方面是因为他们确实有作案动机(恩怨也算动机嘛),另一方面也是因为他们离得很近,后门进出不用半分钟,作案条件得天独厚。

基于此,我毫不客气地敲开了大伯家的院门。

"大娘。"

开门的大娘一脸讶异地看着我,但很快就堆起了笑。唉,在农村,这种女人简直成精了。

"哟,是林斌啊,有啥事情吗?"

"哦,我就想问问,我们家的猫不见了……"

"猫?没看见呀。"

"是吗?"

"没有,没来我们家。"

我一时间非常尴尬,不知道说什么好。

"那——"

"喏,你们家猫不是在吗?"

她指着我身后。我回过头,看见米糕坐在后门后,正默默地看向这边。

"不是这只,是她生的猫宝宝。"

"没有,没看见。"

大娘的笑脸已经收起来了。

"能不能问你一个问题?"我深吸一口气。

"你说。"

"上周六的中午,你在不在家?"

"干啥?"

"我就问问。"

大娘想了想。

"不在。"

"你确定?"

"那天我们去医院了。我不舒服,家里没人。"

"真的?"

"我骗你做啥?"她掏出手机,打开相册,开始翻找,"喏,你看,这是那天我拍的化验单,我儿子让我发给他看。"

我凑上去看。没错,日期和名字都对。也就是说,小猫失踪的那天上午,她有完美的不在场证明。

"打扰了。"我欠了欠身,灰溜溜地离开了。

不是她干的。

从大娘家出来,正好遇见了从田里回来的丈母娘。进了屋,我对她说了从大娘那儿得到的信息,排除了后者的嫌疑。她"哼"了一声。

"这次不是她,不代表她没做过坏事。"

"妈,"我赶紧岔开话题,免得陷入她们妯娌的纠纷中,"除了她,你还能想到其他人有作案的可能吗?"

说完我才发现自己已经不自觉代入了侦探的角色,"作案"这个词都用上了,不过丈母娘似乎没在意。她提了另外一种可能:外地人。

"最近这些年已经不比以前了,"丈母娘说道,"以前你不知道,乡村里有多安全,我们出门基本上都不锁门的，因为村里的人都认识。现在这些年，外地人越来越多，简直了，一点安全感也没有。"

我记得她上次还说村子里挺安全的。

"那也不能说明是外地人拿走的啊？"

我想替外地人辩护一把，毕竟无凭无据的，再说了，我自己就是个外地人，每次听到他们本地人戴着有色眼镜评价外地人的时候，心里总有点不舒服。

不管怎样，我还是帮她上网下单订了一套家用的摄像头。

正如丈母娘所说，现在的农村已经不比往日了，该用的现代化设备还是都装上吧，以免后患。

然而第三天，我又接到了丈母娘的电话。

另外一只小猫奶茶也失踪了。

6

如果一只猫失踪或许还可能是偶然事件，那么连续两只猫失踪,就变成连环事件了。在侦探小说里,连环杀人案可是最吸引人的设计。可以说,这下彻底激起了我的侦破欲。

因此,当我再次站在庭院中心的时候,我把自己完全想象成了一名侦探。

丈母娘在我耳边说个不停:

"……就是昨天下午,我接到了快递的电话。你不是说买了摄像头吗?对方通知我就去拿快递。现在的快递都不送上门了,而是要去什么村里的菜鸟驿站。我们村的驿站在毛大超市,于是我就骑了辆三轮车去拿快递……"

"你走的时候关好门了吗?"我问道。

"关好了呀,有了上次的教训,我一出门就关好了门。"

"几点还记得吗?"

"四点吧。"

"继续。"

"然后我就到了毛大。你不知道,那超市门口堆满了快递，乱七八糟的。我问老板，说我的快递的呢，老板手一指，说你自己找。我一个老年人，身体又不好，蹲在地上找了半天，差点没晕倒……"

"你没事吧？"我关切地问，心想，这不是废话吗，人都好好地站在我面前了。

"还好，就是起来的时候头晕了一下。"她停顿了一下，一脸委屈，"后来老板实在看不下去了，就跑过来帮我一起找，终于，在一堆快递下面找到了我的。"

"你回来的时候大概几点钟？"

"我想一想……"她认真地想了起来，"我回来以后就开始做饭，很快就听到了广播里开始播《红娘》了。"

因为在乡下，依然保留着听广播的习惯。《红娘》是本地电台每天都会播出的一档相亲节目，时间是晚上五点，也就是说，她出去了大概一个小时左右。

"你回来时发现门是关着的？"

"关着的。"

"除了你，还有谁有钥匙？"

"还有你啊。"

哦，对，她说的没错，岳父死后，岳母就给了我一把家里的钥匙，不过我忘在了家里，根本就没带出来。也就是说，这段时间不可能有人进出。

"然后我就去喂猫，发现小猫又不见了一只，只有米糕还在窝里。"

"等等，"我想到了一种可能，"会不会是你回来做饭的时候，门开着，小猫跑了出去？"

"可是小猫不会跑啊。"

"是哦，那屋里都找过了吗？"

"她去不了楼上卧室，只能在院子里。可是院子里我都找遍了，也没找到。"

猫妈妈在，猫宝宝已经不在了，显然只有一种可能，就是被人抓走了。

可是……

我绕着围墙走了一圈，查看情况。围墙大概高两米五左右，要是身手敏捷一点，爬进来倒也不是什么大难题，问题是，这个人会是谁呢？谁会知道丈母娘这个时间不在家，然后特意爬进来，偷走一只小猫？

这不太合乎正常的逻辑啊？

我蹲在米糕边上，默默地看着它。

米糕啊米糕，你知道到底是谁偷走了你的两个孩子吗？你是不是亲眼看到了那个家伙的脸？你下次见到他能认得出来吗？可怜的母亲啊，可惜你不会说话，否则你就能亲口告诉我到底是谁作的案了。

米糕当然无法告诉我凶手是谁。它只是默默地看了我一眼，然后慢慢转身，迈着猫步离开了。我在它的背影中看到了无尽的伤悲。

就在这时，我看到了那个快递盒子，脑子里灵光一闪。

只有一个人知道丈母娘出了门。

那名快递员。

7

事实情况就是，快递员现在并不来村子，而是每天定时把快递统一放在村口的菜鸟驿站——毛大超市。但这只是现在，并不代表他以前不来。

据丈母娘说，那个快递员是隔壁村的小伙子，本地人，人长得高高大大的，还是妻子以前的中学同学——这一点引起了我的兴趣。他们家以前条件还可以，自从他父亲借了银行的一大笔贷款做生意亏损、留下他和母亲跑路之后，日子每况愈下，非常艰苦，差不多四十岁的人了，至今还打着光棍。也有人说媒，但一听到他家里这种情况，就望而却步了。

后来，不知道从哪天开始，他送起了快递。

一开始，他还上门的，挨家挨户地跑，也不说话，送到就走，如果遇到人不在家就直接从院子外扔进去，好几次把客户的东西摔坏了。大家看他可怜，又觉得他不太好惹，只能背后说说闲话。

打听好情况后，我来到了毛大超市。据说，这个叫陈飞的快递员大概中午两点左右会来此放快递。

现在已经是一点五十分了。

我假装成顾客在毛大超市里转悠，眼睛却一直盯着门口。

时间一分一秒地过去。

到了两点,我正想着人怎么还不来呢。突然,一只手掌搭在了我的肩膀上,把我吓了一跳,回头一看,是店老板毛大充满疑惑的脸。

"我盯你很久了,你在这儿转悠半天,什么也没买,到底想干吗呢?"

"我我……"

"不会是想偷东西吧?"

我哭笑不得。

"我是来买水的。"

说着,我弯腰从地上拎起两大桶5L的农夫山泉,摇摇晃晃地朝门口走去。我感觉到老板的眼睛一直盯着我的后背。

就在这时,我听到外面传来了一阵电瓶三轮车发出的"哐当"声,随即超市的门被推开了,一个大个子拖着一个大蛇皮袋走进来。

他应该就是陈飞了吧,看起来确实有点憨憨的,但也算面善，满脸大胡子，穿着一件牛仔夹克、破洞牛仔裤、高筒皮靴，有点美国西部牛仔的气质——这副尊容在保守的农村人眼里也算异类了。只见他把蛇皮袋的袋口打开，然后像个巨人倾倒抢劫来的金银珠宝一般，将大大小小的快递一股脑儿倒在地上，发出"哗啦"的一声巨响。

"喂！你——"

我原以为叫我，不由自主地站住了，但毛大从我身边走过，来到了门口，指着陈飞。

"你把快递都卸在门口了，我怎么做生意啊？"

陈飞只是"呵呵"一笑，便蹲了下来，开始给快递分类，样子十分认真。毛大叹了口气，说了句"赚你们这点钱真不容易"，然后就回到了柜台里边。

"欸，你不是要买水吗？赶紧来结账啊。"他指着我。

"哦哦。"

我拎着两桶水来到柜台前，往上面一放，眼睛却一直盯着陈飞。我确认了一下，以自己的体形，应该是打不过他的。

"一共三十块,你用微信还是支付宝?"

"微信吧。"

扫完码,我艰难地拎着两大桶水,从他身边经过。自始至终,他都没有抬头看我一眼。出了超市,我朝我的车走去,然而,路过他的快递电动三轮车时,我愣住了。

我看见车上放着一件黑色的薄毛衣,上面竟然有白色的细毛。

是猫毛!

我兴奋起来,好家伙,被我逮到了吧。我开始在脑海中对他进行了一番想象:这个男人听说丈母娘家养了小猫,于是一直在周围转悠找机会。那天,丈母娘前脚去了田里,他后脚就进了屋,抓走了小猫珍珠。有了第一次就有第二次。这一次,正好我订了东西,于是他借着丈母娘去拿快递的空当,翻墙进院,偷走了小猫奶茶(以他的体形,虽然有点壮,但翻越两米五高的围墙应该不算难事)。至于他三番五次地偷走小猫做什么？还用问吗？这样一个四十岁还没找老婆的光棍，说不定有点心理疾病，对生物产生厌倦，专门偷小猫回去虐杀。

一想到这里，我鼓起了脸，表现出非常气愤的样子。我转身上了汽车，把水放好，坐在驾驶座上等着他出来。

过了差不多半小时，陈飞出来了，手里拿着一个空的蛇皮袋，上了三轮车。

基本实锤了吧。这家伙不仅有作案时间、作案动机、作案工具（把小猫往蛇皮袋里一放，离开的时候就没人看见了），也有作案条件。很少有一个犯罪嫌疑人具备这么多作案因素的，说出去，没人会相信不是他干的。

三轮车启动了，我也踩下油门，悄悄跟在他后面。

我必须要人赃并获。

我们一前一后来到隔壁村口。三轮车开进村子里了。我将汽车停到路边，步行进了村子。

我在一个破落的房屋前看见了他的三轮车——这

里应该就是他家了吧。他打开大门,把三轮车开了进去,然后从里面关上了门。

我走到大门前。

这幢房子和丈母娘家的造型风格几乎一样,只是更加破败一些,我抬手比画了一下,围墙差不多两米五左右。

事不宜迟。如果有人经过看见我在这儿鬼鬼祟祟的样子,就说不清了。于是,我朝后退了几步,然后奋力往前一冲,一跳,双手扒上了围墙。

然而,我错估了自己的实力。

不是跳得太低,而是太高了。

我一下子没把撑住墙头,居然一个侧身翻了过去。

我摔在了一摊烂泥里,臭烘烘的,仔细一看才发现这里是个鸡舍。周围有四五只公鸡母鸡被这突如其来、从天而降的一大坨吓了一大跳,纷纷闪到了一旁,"咯咯咯"叫个不停。我咬紧牙才没让自己发出声来。

过了一小会儿,四周安静下来,我听见柴房里好像有动静。

是猫叫！

我坚强地站了起来，不顾身上的鸡屎和烂泥，越过鸡舍栅栏，小心翼翼地朝柴房挪去。

地上留下了我肮脏的脚印。

管不了这么多了。我心里已经做好了准备，如果真看到陈飞在虐待猫咪，就算和他拼了，我也要阻止他，哪怕我知道自己可能不是他的对手。

我被一股英雄主义自我感动着。

终于，我来到了门口。

猫的叫声越来越大了。

我深吸一口气，探头朝里望去。

我看到了陈飞高大的背影，接着，越过他的肩膀，我看见了一幅奇怪的场景。

一只黑白斑点的猫躺在地上，正开心地被陈飞挠痒痒呢。

8

没有找到小猫，却找到了两只小猫的亲生父亲，听到这件滑稽的事情，妻子十分难得地开心笑了起来。我也跟着傻笑起来，觉得自己干了一件特无聊的事情。笑完之后，我们才发现女儿依然愁眉苦脸。她还在为那两只失踪小猫的命运担忧。

"到底是谁啊，这么无聊，这么坏，要偷走两只小猫！"她愤愤地说。

"是啊，真够坏的。"

说到这里，其实我在心中已经推理了好几种答案。不是快递员，也不是隔壁家的大娘，屋门的锁又完好无损（可以看成一个密室），想来想去，我想到了一个答案，只是这个答案让我有点难以启齿。我抬起头，看向妻子。这时，她也正直勾勾地看着我。我俩一向心有灵犀，她跟我想到一块儿去了。

好不容易安排孩子去床上睡觉了。妻子把卧室的门关上，现在，客厅里就只剩我俩了。

"肯定是她。"妻子说道。

"不可能吧。"我想着还是要申辩一下,毕竟这个答案有点伤人。

"有什么不可能的?她就是能做出这种事情的人!"妻子笃定地说,见我不说话了,她继续说道,"我小的时候,她就很讨厌动物,看到猫啊狗啊的,都要赶走。你要知道,在农村,这些小动物都是不被当作生命的。"

我记得她好像说过,农村里很多小猫,一生下来,就直接被扔进池塘里淹死。

"可是,米糕不就是她养的吗?"

"那是因为现在她见城里人养猫成了流行,恰好别人有一只要送人,她就拿过来养了。对她这个不怎么喜欢负责任的人来说,猫还好,不怎么需要人照顾。"

"不会吧,我看她还挺喜欢猫的。而且,当时不是她给孩子打电话的吗?"

我没说,这个老太太有只猫在身边做伴是为了排遣孤独。

"那是因为她喜欢咱女儿啊。她见我平时不怎么回去,就用猫来吸引孩子,目的就是想让女儿过去陪她。"妻子冷冷地一笑,"哼,小时候不怎么好好当妈爱孩子,现在老了又想孩子陪她玩,哪有这么便宜的事情?"

"你对你妈怎么这么大成见?"

"你要说是成见就成见吧,反正我说的是事实。一定是她干的。这符合她一贯的个性,开始觉得好玩,等猫多起来需要花精力养了,她又嫌麻烦。再说,除了她,还会有谁这么狠心?"

我无言以对。狠不狠心,从动机的角度来看确实不太好说,但从作案时机上来看,目前就只剩下她了。从第一只小猫到第二只小猫的失踪过程,我都只是听到她的一面之词。如果她说的是真话,那么猫的失踪就太诡异了,而从现实角度来说,她撒谎的概率比较大。

可是她为什么要这么做?难道真的如妻子所说,是为了见外孙女?

真会有这么狠心的人吗?

9

接下去的两周,我们都没有回乡下。一来,妻子的工作很忙,抽不出时间;二来,因为小猫的事情,我们失去了去乡下的动力。丈母娘打了好几个电话过来,但都被妻子冷冷地拒绝了,她都没让女儿跟外婆说上几句话。我甚至听到,她在电话里暗示小猫是丈母娘抓走杀死的。

"你这样是不是有点狠心?"

"是她先狠心的。"妻子说道,"再说了,她这样的人,我觉得还是尽量让女儿少接触得好,以免被她带坏。"

"可她毕竟是孩子的外婆。"

"屁的外婆,妈妈都当不好,还当什么外婆。还不如人家米糕呢。"

说到这里,她就不再跟我说什么了。我不禁陷入了沉思,想着接下来应该怎么处理这些事情。就在这个时候,我接到了一个电话。

是之前那家说要购买我小说影视版权的公司打来的。

对方自称是公司的人事总监,她之所以来电话,不是要买我的版权,而是问我有没有时间去一趟公司。

"我们评估了你的能力,觉得有一个工作岗位你也许能胜任,不知道你有没有兴趣来面试一下?"

从购买版权变成了提供工作机会,这个落差有点大,但也不是完全不能接受。毕竟我现在已经拮据到了最难堪的地步。最重要的是,我需要给妻子一个交代,来挽回我们已经危如累卵的婚姻。

我把情况跟妻子说了,妻子显得非常冷淡。她只说了一句话:"你去吧。如果面试成功,我们就继续过下去;如果你再失败,咱们也没必要再过下去了。"

第二天,我鼓起勇气来到了上海,准时进入了那家高档的写字楼。在电梯上升的过程中,望着镜子里那张憔悴而懦弱的脸,我好不容易攒起来的信心逐渐消散殆尽。

从写字楼走出来,我就知道自己没机会了。

站在路边，我心里空荡荡的，眼泪就快要落下来了。一个四十多岁、有家有口的男人，在人生的这个阶段再次面临失败，这种感觉实在是太糟糕了。

我麻木地驾驶着汽车，离开上海。

在高速上，妻子给我打了好几个电话，我都没有接。我脑子里一片空白，完全不知道在想什么。

就这么一路朝前开着，直到我发现路旁的标识牌不大对劲。

我已经错过了回家的出口，来到了妻子老家所在的乡下。

我默默地把车停在后门口的空地上，下了车，来到了孩子外婆家的门口。

10

打开门，我悄悄地走了进去。

院子里安安静静。满树的桂花终于盛开了，一阵甜腻的花香扑鼻而来,差点把我击倒在地。前一晚,起了一阵大风,吹落了无数的花瓣,掉了一地,黄金满地,煞是好看。

我在院子里站了一会儿,满腹心事。

我打算当面和丈母娘摊牌,直接询问是不是她干的。

她也许不会回答,或者干脆否认,也可能会表现得很惊讶,说:"你怎么会这么认为呢?我为什么要做这些?"那时候,我就会说出我的推理。我会告诉她,我这么怀疑的理由是什么,然后再看她的反应。如果她继续否认(很有可能),那么我就转身离开,从此再也不回来了。

如果她敢于承认是自己做的,那么我将会试图去理解她。

——就像试图去理解一个跟女儿矛盾深深、身陷孤独的老人。

总而言之,我已经打定了主意,需要她当面给我一个答复。

最关键的是，不管她说什么，我都能从她的表情反应中得到我想要的东西。我坚信自己有那种超强的观察能力，她的任何一个表情和动作，都昭示着某种结论。

我打定主意后，去柴房里看猫。

米糕不在窝里。

我转过身，渐渐有一种不祥的预感。

难道，米糕它也……

一阵风吹过来，我打了个哆嗦，感觉到了一阵寒意。我叹了口气，朝灶屋走去。

灶屋的门从里面被闩上了。

也就是说，丈母娘可能就在里面。

我深吸一口气，开始敲门。

没有回应。

我低下头，隔着灰蒙蒙的玻璃朝里面看去。

好像有人靠在躺椅上睡觉。

我高声喊了两嗓子，依然没有回应。

突然，我闻到了一股奇怪的味道。

是煤气！

我心里一惊，在大门上用力拍打了几下，还是没有把人叫醒。我连忙回过头，在院子里找到了一把锄地的小锄头，快步回到玻璃门前，用锄柄用力一磕，"哗啦"，玻璃瞬间就碎了一块。

顿时，一股浓烈的煤气味从屋内传了出来。

我转过头用力咳嗽了几下，一手捂住鼻子，另一只手从洞口伸了进去，摸索着把门闩拉开。

刚冲进去，我一眼就看到倒在躺椅上的丈母娘。煤气灶下方的气阀是开着的，上面坐着一只还在冒热气的水壶。

我连忙冲过去关上了煤气阀门，村里没有通天然气，家家户户仍在使用煤气灶和瓶装液化气罐。

接着，我抱起体重不到八十斤的丈母娘，放在院子的水泥地上，解开她的衣领，让她透气。我试着探了一下她鼻息，还有呼吸，于是赶紧拨打了120。

十五分钟后，救护车就来了。

医护人员用担架把依然昏迷的丈母娘抬上了车。

他们要求我一起跟车去医院,我点点头,准备关门,却一眼看见角落里似乎有一只小猫。

"等一下。"

我走上前去,俯下身,看见了米糕的身躯。

它的身体软软的,四肢下垂,但还带着一点温度,看起来似乎已经死了。

"你走不走啊?"医护人员催促道。

"来了。"我把米糕的尸体放在庭院里,用一些落叶给它盖上,想着等下次回来再埋葬它。

做完这些,我就上了救护车。

11

在医院,经过一番抢救,丈母娘算是渡过了生命危险期。随后,她被送往看护病房,算是被安置下来了。

在这个过程中,我给妻子打了电话,说明了情况。平日冷酷的妻子一听竟也着急了,让我在医院等着,她马上带女儿坐车过来。我挂了电话，在自动售卖机上买了一杯热咖啡，然后在长椅上坐了下来。

一个小时后，妻子和女儿赶到了。我们三人一起来到丈母娘所在的病房。她刚醒，看到我们过来很开心，尤其是当女儿一头扑到外婆的怀里时，她的表情看起来就像是被暖化了一般幸福。

"到底是怎么回事儿？"过了一会儿，我问道。

"我也不清楚。"丈母娘显得有点支支吾吾，似乎还没完全恢复神志，"我在灶上烧水，想在躺椅上休息一下，没想到就这么睡着了，醒来就在医院里了……"

"跟你说了多少次了，要注意安全！就是不听！"妻子又开始抱怨起来，我连忙拉了她一下，她总算收敛了情绪，我注意到，她的眼角有泪痕，"你肚子饿吗？"

丈母娘像个犯了错的小孩似的摇摇头。

"那你先好好休息一下吧。"

"能让宝宝在这儿陪我一会儿吗？"

妻子看看女儿，女儿正赖在外婆的怀里舍不得走呢。她叹了口气。

"好吧，宝宝，你好好陪陪外婆。"

"嗯。"

女儿像只小猫一样继续在外婆的怀里腻歪。

随后，我跟着妻子走出了病房。

"猫的复仇。"

当我们走到楼梯拐角处时，我笃定地说道。

"什么？"

"你还不明白吗，这一切不是意外。"我自信满满地说道，"是米糕干的。"

"啊？"妻子大惑不解。

于是，我把我在案发现场看到米糕尸体的事情告诉了她，并说出了我的分析和推理。我的看法是，米糕亲眼看到丈母娘两次抓走了它的孩子，于是它记住了这个仇人，一直在找机会报仇。这次，它看到丈母娘在烧水，不小心睡着了，于是偷偷弄灭了火，用煤气中毒的方式与自己的仇人同归于尽。

"你的想象力也太没有边际了，就跟你这个人一样不靠谱。你说，这只猫是怎么把火给弄灭的？"

"这我就不知道了，靠吹的？"

"猫会吹气？"

"这个世界上没有什么是不可能的。"

"可是它怎么知道煤气能毒死人呢？"

"猫的智力比你想象的高，也许她曾经看见过那上面在烧火，觉得是个危险的东西。"

"你就胡说八道吧。"

"真的，否则你说，煤气上明明在烧水，火怎么会灭呢？"

"烧开了，水扑出来了呗。"

"不对，我看过灶台，没有水扑出来的痕迹。"

"反正我不相信。"

"那你相不相信，那些小猫是你妈给弄死的？"

她犹豫了一下。

"这是两码事。再说了，你把猫也拟人化了，猫只是个动物，它没有感情的，怎么可能知道报仇？别说猫了，就是我出了事，我妈都不一定会为我报仇，说不定还拍手叫好呢。"

"别这么说,母亲毕竟是母亲。"

"我对母亲这个词表示怀疑。"

"那你自己不也是母亲吗?"

"我也不是什么好母亲。"

"总而言之,我认为米糕这个母亲,用自己的方式复了仇,虽然最后没成功,还搭上了自己的性命,但这个精神是不会有问题的。"

"你别扯这么多有的没的。我问你,今天面试怎么样?"

我不说话了。

妻子叹了口气。

"我给过你机会了,你也向我保证过,但还是失败了。明天咱们民政局见吧,今晚你也别回去了。"

"那女儿怎么办?"

"女儿我带走。"她认真地说道,"你不是说我是个母亲吗?谁要抢走我的女儿,我就向谁复仇。我这人说到做到。"

我在她的眼神中看到了一股狠劲。

那是熟悉的米糕的眼神。

12

我回到了乡下,在那辆小破车里坐了很长时间。这辆车在我老丈人手里就开了至少六年,他也是从别人手里买的二手车,开起来不仅费油,而且发动机声音巨大,让人很有挫败感。

不过,我挺喜欢它的。

因为在车后备厢下面的隔层里,放着一个工具包。

那是我的秘密所在。

我下了车,拿出工具包,戴上白手套,用钥匙打开大门,走进了院子,然后转身关好门。

我已经一无所有了,但至少还有秘密。

我来到那堆隆起的树叶旁边。

米糕的尸体就埋在下面。

我蹲下身,打开工具包,从里面取出一套漂亮的手术刀。

从中学开始,我就对解剖产生了兴趣。我的父亲就是一名外科医生。有一天,我在他房间的抽屉里,发现了一把锋利的手术刀。

那寒光闪闪的刀锋让我没来由地兴奋起来。

随后,我从客厅的笼子里抓出一只仓鼠。那是我的生日礼物。

不过,我才不管它是什么呢。

父母问起来,就说它逃跑了好了。

那一刻,一股想要解剖生物的想法始终占据着脑海。之后,我来到无人的小河边,把那只仓鼠绑在一块大大的鹅卵石上,然后在滚滚烈日下,用锋利的刀尖割开了它的肚子。看着它的内脏和血从里面流出来,我高兴极了,在那一刻,所有一切的一切都变得不重要了。

从那以后,我变得一发不可收拾。

从小到大,我解剖过毛毛虫、田鼠、青蛙、兔子,以及……猫。

解剖猫的过程是我觉得最满足最快乐的时光，因为猫是那么邪恶，杀死它们我没有一丝负疚感，只是感觉自己在做一件神圣的事情。

就这样，我一直保持着这个私密的……小习惯。

当我开始意识到自己其实在做一件无法启齿的坏事时，是我女儿出生的时刻。

人类幼崽的美好让我开始反思自己是不是干了坏事。

又或者，我是不是被什么东西蒙蔽了双眼。

不管怎样，我的内心产生了一丝恐惧。

这种恐惧来自我不想让心爱的女儿看到自己的父亲做这样的事情，虽然我本身并不觉得这有什么不能做的。

我开始压抑自己，不断告诉自己，不要再去触摸那个工具包，不要再去触碰那心灵阴暗处的恶苹果。

很艰难地，我坚持了差不多八年时间。

八年，我什么都没干，想想都有点不可思议。

然而，情况开始发生变化。

在妻子的唠叨下，一天天地，我感到了巨大的压力。我快要被压得透不过气来了。我的手开始发抖，内心中的"坏孩子"开始苏醒。

我需要解剖点什么。

不，这不是借口，只不过是一种，呃，怎么说，释放情绪的方式罢了。

然后，就在那天，我见到了米糕的两个孩子。

我的手抖个不停，需要用力压制才不被人看见。

那天回家后，我借口去咖啡馆写作，其实是开车偷偷回到了这里，打开门，偷走了那只小猫。

别忘了，除了丈母娘，我也有钥匙。

只不过，当我把小猫抓走的时候，米糕一直看着我。这个小傻瓜，它难不成还想复仇？嗨，别做梦了，你只是一只可怜的小猫罢了。

至于第二只小猫，情况也是一样。我故意给丈母娘订了东西，亲眼看着她离开去取快递，然后悄悄开门走了进去。

那个关于"猫的复仇"的故事也是我编出来的。

其实我一早就看出来了，丈母娘这事跟米糕一点关系都没有，当然也不是什么意外。

她是自杀。

她太孤独了，没有了老伴，女儿也与她有不可调和的矛盾，唯一爱她的外孙女想见却见不着——显然，我把"杀猫凶手"的嫌疑成功引到了她身上，在妻子那儿起了作用。

也许，她觉得活着没有意思吧，就开煤气自杀了。

否则怎么解释，烧一壶水干吗还把门窗反锁呢？

她只是没想到，我的意外出现拯救了她。

可怜的老太婆，想死都死不成，就给我乖乖地孤独终老吧。

我留着你来报复那个夺走我一切的女人——我的妻子。

13

好了,情况就是这样,现在,我已经一无所有了。

但我至少还有秘密。

我要在最后完成对米糕的解剖。

说实话,我对它已经垂涎已久了。

然而,扒开树叶,我脸上的笑容凝固了。

米糕的尸体并不在那里。

难道它没死?

不可能啊。我明明看见它已经……

我站起身来,四处寻找,轻声呼唤它的名字。

米糕、米糕,你在哪里?

哦,不对,应该换一个名字才是。

咪咪、咪咪,出来吧,小乖乖,到我怀里来。

它没有出来。

楼上楼下仔细找了一圈后,我失望地放弃了。

算了,也许它已经逃走了。

算你走运。

我收拾好工具包，有点不舍地看着这个安静而美好的桂花庭院，然后关上了门，坐上了车。

我要离开这里了，再也不来了。

去哪儿呢？

我在座位上坐了一会儿，然后发动汽车，放下了手刹。

我打开车载音响，里面飘出一段安静的古典音乐。

是门德尔松的《春之歌》。

我渐渐平静下来，转动着方向盘，朝前驶去。

很快，我上了高架。

现在，我心里有了一个目的地。

我要回家去，当着妻子的面，把女儿抢走。

她是属于我的，谁也拿不走，哪怕是她的亲生母亲。

如果她胆敢找我复仇，对不起，我就跟她杀个你死我活。

只有让女儿在我身边待着，我才能控制住自己内心的恶魔，才能不让双手沾满动物的鲜血。

噢，这就是爱的力量。

想到这里，我踩下油门，让车速越来越快。

我有点迫不及待了。

就在这时，我看见车前盖开始冒烟，发动机发出"砰砰"的响声。

什么东西卡在里面了吗？

我一惊，脑子里瞬间闪过一个画面——是米糕。它没有死。它知道我才是真正的凶手。它来复仇了。

猫的复仇。

它那充满怒火的眼神是认真的。

我连忙去踩刹车，试图停下来。

然而已经晚了。

车头开始爆炸，"轰隆"，我吓得捂住了眼睛。

随即，方向盘失去了控制，汽车一头撞向护栏，从半空中摔了下去。

在死去之前，我似乎看见了漫天飞舞的猫毛，如洁白的雪花一般，在风中缓缓落下。

作者简介

慢三,1982年生于湖南衡阳。曾北漂十一年,现居苏州。悬疑小说电影狂热症患者,崇拜希区柯克。做过电视台记者、脱口秀撰稿人、影视编剧,现专职写作。

已出版短篇小说集《这么大雨你还要去买裤子吗》《尴尬时代》,长篇悬疑小说《暖气》《尾气》《苏州园林谋杀简史》等。

猫 脸

鸡 丁

1

电视屏幕闪动着无聊的画面，坐在靠背椅上的男孩依然看得津津有味，只因为此刻屋里没有别人。倒不是因为男孩喜欢孤独，而是在男孩心里，孤独等同于安全。

这是一间破败的屋子，地板像有几个月没有清扫，积着厚厚的灰。门口凌乱地摆着几双高跟鞋，那都是男孩继母的。母亲因病去世后，父亲又和其他女人结了婚。可父亲沉迷于赌博，一年前输光了家产，不知跑到哪个角落去了。现在，继母租了这间廉价房，一个人照顾着男孩。

钥匙开锁的声音对男孩来说是个不好的信号，他连忙关掉电视，安静地坐在原地。继母走进屋，浑身散发着酒气。她粗暴地把大衣往椅子上一扔，径自走进厕所。男孩听着水龙头的哗哗声,紧张地咽了咽口水。

几秒钟后,女人从厕所冲出来,直接来到男孩身后,照着他的后脑勺就拍了下去。对男孩来说,这一记毫无征兆,却也在意料之中。

"小崽子,跟你说洗完手别乱甩,你看你干的好事,镜子上都是水印!"

男孩已经对继母的责骂习以为常,今天是镜子上的水印,昨天是掉地上的坐垫,前天是没叠好的衣服……对这个女人来说,任何事情都能成为暴力相向的理由。甚至有时候都不需要理由——她就是想打他。面对继母野兽般的号叫,男孩每次都蜷缩在椅子上一动不动,只在心里默默祈求能少挨几下打。

借着酒劲,女人的巴掌又猛烈地袭向男孩的双颊。

"跟你说话呢,听见没有啊!你爸这个废物,自己输光了钱,还把你这个拖油瓶丢给我!你赶紧把你爸找回来,不然没你好日子过!"

一通发泄之后,女人或许是打累了,走到阳台上,将自己的半个身子伸出阳台外,想让夜晚的风吹散身上的酒味。

望着继母的背影，男孩的目光被卷进深邃的黑暗中。

2

福鼎门是 S 市一家新晋米其林两星餐厅，坐落于 H 区北外滩的一栋四层楼建筑内。虽说名字里有"外滩"两个字，但北外滩的人流量远比不上那个热闹的外滩，甚至可以用冷清来形容。即便如此，主打中餐闽菜的福鼎门依然凭借绝佳的口味赢得了食客的口碑，成为餐饮界的一匹黑马，每天的客人络绎不绝。这要归功于福鼎门的老板兼主厨——年仅三十三岁的梁锦仁。

梁锦仁是福建泉州人，很小的时候就展现出卓越的料理天赋。在跟着某位闽菜大厨学艺数年后，只身来到 S 市开餐厅。起初只是家做福鼎肉片的小吃店，后来生意竟越做越好，小店的名声也越来越响。在得到一位叫董凤卫的餐饮界大佬投资后，福鼎门就应运而生了。

S市的冬夏季切换得特别快，秋天往往只是走个过场，骤降的气温预示着漫长冬季的开始，太阳从烈日变成了暖阳。二十多岁的吴启是今年刚来福鼎门上班的学徒，他现在心灰意冷的状态很应和目前的气温。考入新华大学物理系后，他的学业成绩一直很不理想，不得不中途辍学。其中一个原因是他突然沉迷起了料理，梦想能开一家自己的餐厅。误打误撞之下，他来到福鼎门当洗碗工，做事倒是极为勤快，也很听话。梁锦仁被他对料理的热情所感染，答应收他当学徒。但吴启资历尚浅，也并不是从专业的厨师学校毕业的，因此还不能正式踏入厨房做菜，只能一边学习，一边先干点简单的杂活。吴启并无怨言，但每每看到师兄们在厨房里大显身手，他总觉自己离梦想还很遥远，难免有些失落。

这一天午市结束后，就荔枝肉切法的某个技术性问题，吴启想请教一下梁锦仁。如果在餐厅里找不到梁锦仁，吴启知道他一定去了天台。平时看上去有些高冷的梁主厨其实是个猫咪爱好者，就在这栋楼的天台上，生活着几只小野猫。一般在工作结束后，梁锦仁都会特意换一身衣服跑上去给它们喂食，还专门买了猫砂放在那里。为防止猫毛污染厨房，梁锦仁在晚市前还会特意洗个澡，可以说是做到了下厨撸猫两不误。

四层楼的建筑物内，一到三层目前都还在招商，处于空置状态，四层就是福鼎门餐厅。只要从安全楼梯再往上走一层，就能看到通向天台的铁门。因为童年的一场车祸，吴启的右腿一直不是很好，走路会有些瘸。尤其在上楼梯的时候，腿部的缺陷就更暴露无疑了。推开银色的铁门，方方正正的天台异常空旷。吴启走到天台中央，环顾了四周一圈，没有找到梁锦仁的身影，只有两只三色猫趴在地上睡觉。

吴启向前方的天台边缘走去。天台边缘的外侧，延伸出一块长方形平台，面积有一张单人小床那么

天台门

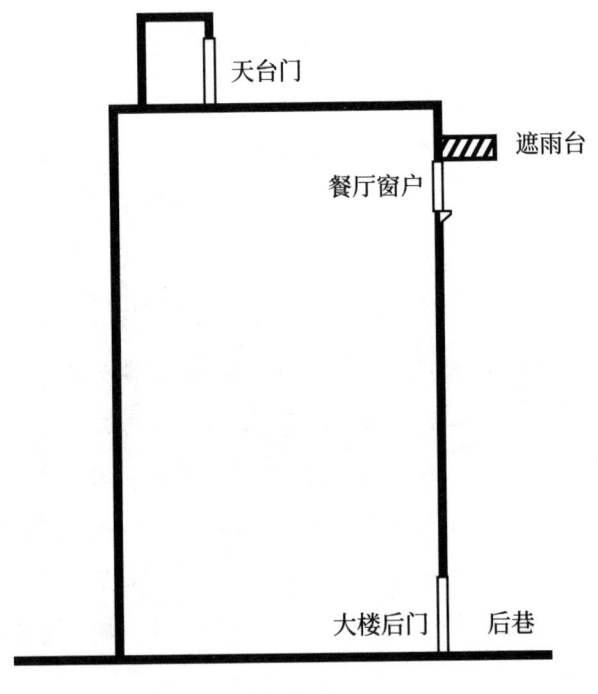

遮雨台

餐厅窗户

大楼后门　后巷

天台侧视图

大。这块平台其实是四楼窗户上方的遮雨台,和天台平面大概有一米左右的落差。有一只叫大黑的白猫就喜欢在这块遮雨台上睡觉。吴启走到边缘处向外探出脑袋,想看看大黑是不是在那上面。

就在刹那间,一张猫脸出现在吴启眼前——当然,如果是猫,长着一张猫脸肯定不奇怪。但吴启看到的,是一个长着猫脸的人。此人白发苍苍,身穿一件破破烂烂的深灰色长袍,四肢和身躯都被包裹在长袍内,凸显出消瘦的轮廓。面上确实是一张惨黄色的猫脸,绿色的眼珠和尖利的獠牙像是已经盯准了某个猎物。

"你怎么……"吴启差点惊叫出声,"怎么睡在这里?"

听到动静,长着猫脸的人微微抬起身子,朝吴启发出一阵怪笑后,又继续在遮雨台上躺平,大黑也慵懒地睡在她身旁。

这个猫脸人就是最近常在附近出没的"猫脸老太太",没有人知道她的真实身份。传言这个老太太患了病,变得痴痴呆呆,多年前被儿女遗弃,无家可归,一直在外流浪。因为喜欢猫,她就把垃圾堆里捡来的猫面具戴在脸上,把自己当成那些流浪猫的"猫妈妈",与它们一起生活。很多晚归的人看到这番景象都会吓一跳,人们编织出许多和她有关的都市传说,还给她取了个"猫脸老太太"的称号。

不久前,猫脸老太太出现在福鼎门附近,有时在后巷徘徊,有时坐在垃圾桶边逗猫,不少来用餐的客人被她吓到,对餐厅的生意也造成了一定影响。现在看来,猫脸老太太是喜欢上了这里的野猫,尤其是大黑。为了陪大黑睡觉,她甚至爬到了天台外的遮雨台上。

"小心别掉下去啊。"丢下这句话后,吴启连忙离开了天台。他要把这件事报告给梁锦仁,毕竟在那个地方睡觉十分危险,万一闹出人命,后果不堪设想。

回到餐厅,吴启还是没找到梁锦仁,后来才知道他被董凤卫叫出去了。或许是这个月的营业额有所下滑,两人要商谈对策。

当天晚上,吴启去后巷倒完垃圾就回家了。快走到家门口的时候,他突然发现自己的钥匙丢了,于是只得一路折返回去找钥匙。当再次拐入那条漆黑的后巷后，吴启的意识和他的视线一样，变得混沌不清。自从亲眼见到"猫脸老太太"后，那张诡异的猫脸一直在他脑海中挥之不去。据说，猫能借尸还魂，那个老太太是不是已经死了，尸体被猫上了身，所以她的行为举止才会如此怪异？吴启不敢细想，他打开手机的照明灯，终于在垃圾桶旁找到了钥匙。

因为没有路灯，这条后巷在夜晚异常地黑。但就像是睡觉时有人突然拧开了台灯开关，一簇突兀的光亮出现在对面大楼的墙壁上。不可思议的是，伴随光亮闪现的，正是吴启脑海里的那张猫脸——此刻，猫脸老太太正以极其扭曲的姿势攀附在大楼的墙上。还没等吴启反应过来，猫脸老太太就以极快的速度移动到了大楼的最高处，并在楼顶瞬间消失。

世界上最优秀的攀岩运动员能在五秒内爬上十五米的高墙，但刚才猫脸老太太只用了不到两秒的时间，这显然早已超出了人类的极限。

吴启觉得自己一定是见鬼了。

3

一周后,阴冷的天空给S市送来一场雪,街道和建筑物像被吸走了色素,变成白蒙蒙的一片。

"我真的看见她飞上去了。"吴启还忘不了那晚的奇遇,逢人就说这事,跟自己的师傅梁锦仁也讲了好多遍。

"肯定是你眼花看错了,没有第二种可能。"梁锦仁不太想跟他聊这些,自顾自地捣鼓着新买的餐具。

"梁老师啊,我说真的啊,那个猫脸老太太老在附近转悠,对我们影响挺大的吧?"

"确实影响大,但也没办法啊,人家现在没做什么出格的事,也没闯入私人场所,我们报警也没用。"

"她好像天天晚上都跑到天台上,和大黑一起睡觉,万一摔下来就惨了。"

"摔下来再说吧,你管好你自己,上次教你的花刀练得怎么样了?"梁锦仁的语气变得严厉起来。

"我一直在努力练!"吴启从刀架上抽出菜刀,想在鳗鱼肉上展示一下自己的成果，"自从猫脸老太太来这里之后，梁老师，您也不上去喂猫了吧？"

"有人照顾它们也挺好的……哎呀，你这个角度不对，会把刀弄钝！"梁锦仁抢过吴启手里的刀，摇了摇头，"算了，别切了，你去门口，还有后巷把雪扫一扫吧，晚市快到了，不要让客人摔跤。"

吴启只好垂头丧气地拿起扫把，坐电梯下楼，再一瘸一拐地走到门口扫地。雪虽然已经停了，但路面上的积雪还没有完全化掉，薄薄地铺了一层，像软塌塌的肥皂泡沫。扫完门口的雪，吴启又绕过建筑物来到后巷，那里开着一扇大楼的后门，走进去就能看见安全楼梯。吴启仔仔细细地将积雪扫到道路两侧，一直从巷子口清洁到后门附近，途中不经意间瞥了眼之前猫脸老太太"飞升"的位置，仍然感到心里发毛。

可能因为天气过于寒冷，今天晚市的客人并不多。但梁锦仁把近期下滑的客流量归咎于食客吃腻了菜单上的菜。于是，最近几天晚市结束后，梁锦仁都会待在厨房一个人潜心研究新菜式。他认为福鼎门也应该像S市的另一家人气米二餐厅福和慧那样,每季度更新菜单。

吴启收拾完桌椅之后,时间已经很晚了。他拿着两袋垃圾下楼,倒完垃圾就算完成了一天最后的工作。一到夜晚,后巷就黑得伸手不见五指。吴启把垃圾丢进后巷的垃圾桶,转身准备离开。就在这时,借着远处大楼的灯光,他好像隐约见到后门附近的地上有一摊什么东西……

吴启咽了咽口水,慢慢踱步过去,他总觉得这条后巷越来越诡异了,什么怪力乱神都可能在这里出现。走近那摊不明物体,吴启弯下腰,眯起眼睛小心翼翼地观察着。他从兜里掏出手机,打开照明灯。白色灯光冲破黑暗的一瞬间,映入吴启眼帘的,还是那张熟悉的猫脸——身着长袍、头发煞白、戴着猫面具的猫脸老太太此刻正侧躺在地上,而她的头部下面,有一摊疑似深红色的液体。

吴启吓得差点跌倒在地。由于猫脸老太太所在的位置正好在天台遮雨台的正下方附近,所以他的第一反应是，自己的担心应验了——猫脸老太太真的从天台摔了下来。下意识地朝上望了一眼，此刻他什么都不敢多想，一股脑儿跑出巷子，绕到建筑物的正门，从那里进入一楼大厅。吴启用颤抖的手指飞快地按着电梯按钮。电梯将吴启送到四楼的福鼎门餐厅，他第一时间冲进厨房，准备把猫脸老太太坠楼的情况报告给正在研究菜品的梁锦仁。

"梁老师，不好了，出事了！"吴启的神色异常慌张。

"怎么了？"梁锦仁放下手里那根正在敲打牛肉糜的棒子，露出不解的神情。

吴启指着外面道："掉下去了……人掉下去了。"

梁锦仁大概明白了吴启的意思，急忙走出厨房，朝餐厅的窗户走过去，那扇窗户的上方就是猫脸老太太睡觉的遮雨台。他将头探出窗外，朝下打探了一番。

"太黑了，看不清啊。"从四楼的窗户往下看，后巷仿佛是一个无底深渊。

梁锦仁从储物柜里找来一个手电筒，回到窗边，将手电筒对准正下方打开。吴启也从旁探出脑袋。在手电筒光柱的照射下,两人能清楚地看到后巷地上的猫脸老太太。

"真的摔下去了啊……走,去天台看看。"梁锦仁拉着吴启向天台走去。由于电梯只到四楼,要从四楼上天台只能走安全楼梯。

两人爬上一层楼,梁锦仁先是抬头瞥了一眼墙角那个对着天台门的监控探头,那是前不久为了安全起见才装的,随即推开铁门,冰冷的触感让梁锦仁的手不自觉地往回缩了一下。铁门之外,月光下的天台就像一个荒寂的冰雪墓场,地面上覆盖着一层薄薄的积雪。梁锦仁打开手电筒,对着天台照了一圈。

吴启刚要踏入天台,就被梁锦仁用手臂挡住了。

"等等,你看地上。"只见纯白的雪地上,有一排微微弯曲的脚印显得格外孤独。脚印从天台门口,一直延伸到最外边遮雨台的位置——看上去就是猫脸老太太去遮雨台睡觉时留下的。"雪是今天中午才停的,看来她今晚确实来过天台。"

梁锦仁疾步走向天台边缘,吴启则跟在身后。来到遮雨台的位置，梁锦仁一个翻身直接从天台跳跨到遮雨台上。

"啊！什么东西！"梁锦仁突然大吼一声。

吴启跟跟跄跄地跟过来，目睹梁锦仁坐在遮雨台的地上。他的边上是惊醒的大黑，而猫脸老太太并不在这里。

"怎么了？"

"刚才大黑跳起来吓了我一跳……"梁锦仁呼出一口气，随即站起来，拍了拍裤子上的雪，接着再一次用手电筒向下照去——一切都不是幻觉，猫脸老太太的尸体躺在原地。

雪地上只有一行脚印，一定是猫脸老太太在遮雨台上睡着时不小心翻滚了下去，坠楼而亡——这也是两人报警之后，警方最初的判断。

4

授课结束后,赫子飞披上那件好几年没换的大衣,准备出去对付一顿晚饭,一会儿还要回办公室准备第二天学术讲座的资料。成为物理系副教授已经三年了。这三年间,赫子飞除了正常授课外,仍然在继续做科学研究,并在电磁学领域取得了一些小小的成就。

去年,大学好友冯亮的自杀对赫子飞的打击很大,每每想起自己和冯亮在大学期间经历的种种事件,他心里都会泛起哀伤。葬礼上,赫子飞见到了冯亮的表妹,他们上次见面,还是因为十年前的"辰光高中鬼火事件"。表妹聊起冯亮的近况,让赫子飞越发自责没有给予昔日好友更多的关心。后来,赫子飞一直在跟进警方对冯亮之死的调查,得知冯亮的死牵扯到了震惊全国的"陆家宅连环杀人事件"。幸好当时有一位漫画家侦探一口气把案子解决了,算是告慰了冯亮的在天之灵。当然,那又是另一个漫长的故事了。

走出新华大学的校门,赫子飞想去对面吃一客"豪享来"牛排套餐。这家连锁快餐店在 S 市已经所剩无几,到了这个年纪的赫子飞很爱怀旧,对他们家的黑椒菲力一直念念不忘。就在赫子飞准备过马路的时候,一个声音叫住了他。

"赫教授!"

赫子飞一回头,瞧见了曾经的学生吴启。他和几年前一样,还是长着一张乖小孩的娃娃脸。

"吴启,我没认错吧?"赫子飞脸上带着惊喜。吴启是他印象最深刻的学生之一。在自己还在当讲师的时候,就给还是本科新生的吴启上过课。吴启曾做过一个关于"如何把物理知识运用到烹饪中"的课题,让赫子飞觉得很有意思。只可惜后来吴启辍学,两人的师生缘就此结束。

"是我,赫教授,好久不见了。"

"你现在怎么样呀?实现厨师梦想了吗?"

吴启突然面露愁容:"赫教授,我就是为了这事来的……我知道您特别聪明,有破案方面的才能,之前还协助警方解决过不少案件。我最近遇到一件事……实在让我疑惑重重，也找不到人倾诉，就想起教授您……"

赫子飞从吴启的话中听出此事绝非一两句话能够讲清楚，于是提议请吴启吃饭，边吃边聊。

牛排端上桌的时候，赫子飞和吴启都不约而同地把一面纸巾展开，举在自己的衣服前。服务员掀开盖子的瞬间，滚烫的铁盘发出嗞嗞的声响，油花四溅，牛排上的汁水在翩翩起舞。这是豪享来牛排充满仪式感的"开吃典礼"。

赫子飞迫不及待地用刀切开一块牛排送入口中，露出满足的表情。今天的黑胡椒汁不咸不淡，味道正好。此时，一直在对面滔滔不绝的吴启也差不多讲完了他的遭遇。

"从天台确认猫脸老太太坠楼后，梁老师就让我报警并待在餐厅里等警察来，他则去后巷保护现场。"吴启以求助的目光望向赫子飞，"赫教授，您觉得猫脸老太太真的是自己摔下楼的吗？"

"警方那边是怎么看的呢？"赫子飞漫不经心地问。

"具体的调查细节我不知道，但他们问了我很多遍口供,似乎对'意外坠楼'这一说法持怀疑态度,但除了意外坠楼,好像并没有别的解释……"吴启喝了一口自助的玉米浓汤,继续说,"天台现场的雪地上只有一行脚印,没有多余的足迹。雪是事发当天中午停的,所以脚印势必是在那之后留下的。而天台门口的那个监控探头,在当天也只拍到猫脸老太太一个人上过天台。她进入天台的时间是傍晚六点左右,之后就再也没出来过,所以那行脚印只可能是猫脸老太太留下的。警方也比对过老太太脚上的布鞋,鞋底大小和脚印完全吻合。"

赫子飞皱了皱眉问:"探头能拍到老太太坠楼的一幕吗?"

"不行,探头是装在楼道里的,只能看到天台的门。"

"那么,让你'疑惑重重'的原因是什么呢?既然所有的现场痕迹都表示,事发时现场只有猫脸老太太一个人,老太太不是意外坠楼就是自杀,你还有什么无法释怀的呢?"

吴启放下刀叉,表现出一副欲言又止的样子:"嗯……

其实我怀疑，是我的师傅——福鼎门餐厅的梁锦仁杀害了猫脸老太太。"

赫子飞被吴启的话震惊了一下："凭什么这么说？"

"因为老太太的出现，让福鼎门的营业额有所下滑，师傅是一个自尊心很强的人……我觉得他有动机这么干。"

"这个动机不够有说服力，如果只是因为生意被影响就去杀人，那满世界都是杀人犯了。"

"可是，这件事发生后，师傅这几天的状态有点不对劲。"吴启挠了挠头，"他好像魂不守舍的，做菜的时候还放错了调料，被客人投诉了。"

"那也不足以证明他杀了人，可能只是因为这件事就发生在自己餐厅楼下，所以心有余悸吧。"赫子飞将铁盘里的意面搅在叉子上，再蘸一蘸牛排上的酱汁，满意地咀嚼着，"退一步说，如果你师傅真是凶手，他要怎么让猫脸老太太坠楼呢？如果他夜里溜上天台把老人推下楼，那雪地上应该会多一行梁锦仁的脚印才对。更何况，监控探头也没拍到他吧？如果放在推理小说里,这就是一个'双重密室'啊。他是怎么躲过监控探头,又在雪地上不留下脚印去行凶的呢?"

可能是因为太饿了,吴启继续拿起叉子,插住整块牛排,也懒得切,直接放在嘴边咬了一口,随即说道:"其实,我有一个叫'烟雨'的网友,他是个烹饪爱好者,同时也是推理小说迷,对推理小说中的物理诡计比较有研究。昨天我跟他说了这事,他倒是给我提供了一个思路。"

"哦,你说说看。"赫子飞饶有兴致地望着吴启。

5

"只要使用这个诡计,即便不上到天台,也能让猫脸老太太坠楼。"吴启将餐盘往边上一推,从包里掏出纸和笔,开始画着什么,"赫教授你看啊,我简单画了个那栋大楼的侧视图,大概地形是这样的。"

赫子飞接过纸,定睛观察着。

"猫脸老太太睡觉的遮雨台下方,就是我们餐厅的某扇窗户,距离并不远。所以,梁老师完全可以透过这扇窗户行凶。当然,大楼的墙壁非常光滑,要从窗户爬到天台上,危险系数很高,对普通人来说几乎是不可能的。况且事后警察也调查过,大楼的外壁并没有攀爬的痕迹。

"不过,梁老师只要设置一个机关,就没必要爬上爬下了。只要事先准备一块大的遮雨布,在雪停前上到天台,将布铺在遮雨台上。另外,在布的外侧穿一根绳子,让绳子垂到正下方餐厅的窗户外面,杀人机关就布置完成了。"吴启边说边在刚才的大楼侧视图上把机关画了出来。

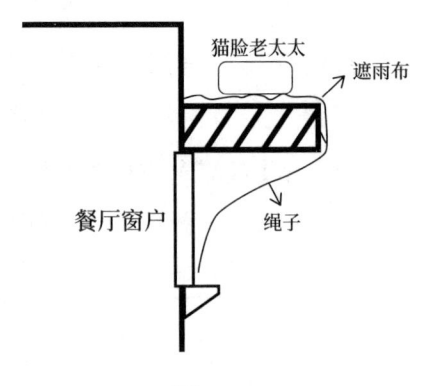

"我明白了,你这位网友确实挺有想象力的,完全可以去写小说了。"赫子飞夸赞道。

吴启用手指点了点那张纸,继续说:"等猫脸老太太晚上进入天台,睡到铺着布的遮雨台上之后……站在餐厅里的梁老师只要把手伸出窗外,握住那根绳子,用力这么往下一拉,就能将布连同老人的身体一起拽下来——最后的结果就是,老人直接坠落到后巷的地上,而这块遮雨布则可直接拉进餐厅,顺利回收。"

"很实用的诡计,说得我都想试试了。"赫子飞点了点头,"但是……你也说了,要布置这个机关,还是得在事前去一次天台吧?可监控探头并没有拍到梁锦仁上去过吧?"

吴启也叹了口气:"唉,何止没拍到梁老师啊,探头的监控录像每周自动刷新一次,在事发的前七天,除了猫脸老太太每天都会上天台睡觉之外,完全没拍到其他任何人。所以根本不可能有人上去布置什么机关陷阱。"

"好了，伪解答排除。"赫子飞继续吃起牛排。

"不过，我总觉得这个思路是可取的……我觉得可以再展开想想，应该还有什么更简单的机关。"吴启抓着头发，努力思索着。

"那你想出来了吗？"

"要是能想出来，我还来找您干吗呀？赫教授，您帮我一起想想吧，还有什么办法能让老太太坠楼？"吴启突然脸色一变，回想起那个骇人的画面，"赫教授，你说人有没有可能用什么方法快速从地面移动到大楼顶端啊，我那天看到的猫脸老太太'飞升'的情景是怎么回事？会不会是另一个猫脸老太太，飞到了天台上，把这一个猫脸老太太推了下去……哎呀！我在说什么呀？我投降了，完全没辙了。"

赫子飞微微一笑："吴启啊，你很像我的一个旧友。"随即拿起杯子，饮了一口柠檬水，"我现在问你几个问题，你要仔细想清楚再回答我。"

"好，你问。"

"第一，你在后巷发现老太太的尸体之后，想回四楼的餐厅跟梁锦仁报告。当时为什么不从更近的后门进入大楼,而要绕到正门进去呢?"

"哦,是这样的,后门进去是楼梯间,那里只有安全楼梯,您也知道我的右腿不太好,爬楼梯很吃力,所以只能特意从正门进去,在一楼大厅坐电梯。"

"楼梯间和一楼大厅是不通的吗?"

"对的,楼梯间和每层楼的大厅之间是有一扇隔门的。但因为一到三楼还在招商,物业公司怕有闲杂人员闯进去,平时就把这三层的隔门都锁住了。只有四楼的隔门是打开的,如果要从楼梯间去餐厅,我就得爬四层楼梯。"

"明白了。第二个问题,"赫子飞竖起两根手指,"既然你说你爬楼梯很吃力,那么之后你和梁锦仁从四楼爬到天台,你上楼梯的速度应该也会比梁锦仁慢一些吧。但从你刚才的描述中,你俩几乎是同时抵达天台门口的,对吗?"

"确实……"

"这就有些不自然了。照理说,他的腿脚是正常的,应该先你一步爬到天台门才对。"

"所以说……"

"嗯,梁锦仁是故意放慢脚步等你,要和你同时抵达天台口的,目的就是让你顺理成章地目击那行单独的脚印,好为这个'雪地密室'提供牢固的证词。"赫子飞的语气极其坚定,"杀害猫脸老太太的凶手,就是梁锦仁没错。接下来,我就给你解释一下他的诡计。"

6

吴启完全没有心思吃饭了,他双眼放光,脸上似乎写着"求知若渴"四个字。

"首先,我们必须弄清楚一件事,那就是猫脸老太太到底是何时坠楼的?"

吴启托着腮,思忖一番后说道:"虽然我不知道法医确切的验尸结果,不过,我去后巷倒垃圾发现尸体的时候大概是晚上十点多,监控探头拍到猫脸老太太上天台是晚上六点,所以她坠楼的时间肯定在六点到十点之间。虽然那条后巷几乎不太可能有人经过,但如果老太太是在晚市大家都在用餐的时候坠楼的,坐在窗边的客人不可能没察觉到动静,考虑到这一点,我觉得老太太的坠楼时间在九点之后的可能性最大。"

赫子飞将两根食指交叠成十字形,道:"问题就出在这里。"

"怎么了?"吴启一脸茫然。

"你说你倒垃圾的时候,发现了猫脸老太太的尸体,但是,你为什么如此肯定那就是一具'尸体'呢?"

"啊?"吴启一时间没理解赫子飞的意思,"可……她当时就这么躺着,地上还都是血。"

赫子飞微微一笑:"你买过那种万圣节玩具吗?类似用软质橡胶做的血迹模型,触感像凉果冻,色泽也非常逼真。只要把这样的'假血迹'垫在脑袋后面,在幽暗的小巷里几乎可以以假乱真。"

"啊……你是说……"吴启瞠目结舌,"猫脸老太太当时是装死？我看到的并不是坠楼的尸体？"

"你看到的何止不是尸体，甚至根本不是猫脸老太太！"赫子飞一语道破天机，"你看到的，是梁锦仁穿上长袍、戴上假发和猫脸面具假扮而成的猫脸老太太。"

"这……我看到的是梁老师？这怎么可能呢？"

"你仔细想想猫脸老太太的形象，因为一直戴着面具，没人见过她真正的样子，大冬天的全身披着长袍，也看不见具体的身形和里面的衣物，是不是很容易被假扮？但凡你在漆黑的后巷看到一个白发猫脸穿长袍的人，又看到那摊'血迹'，联想到在天台睡觉的猫脸老太太，你的大脑一定会做出先入为主的判断——猫脸老太太从楼上摔下来了。

"如果只是一个晕倒的人，你或许还会上前确认一下。但一具'血淋淋的坠楼尸体'，我想大多数人都不敢靠近。加上你非常听你师傅话的性格，所以在发现'尸体'的第一时间，一定会返回餐厅去报告给梁锦仁。你的一切行动都在他的预判之中。"

"赫教授,您先等等……不对不对。"吴启伸出一只手阻止赫子飞继续往下说,"你说那时候梁老师假扮猫脸老太太躺在后巷里……可我返回餐厅之后,明明看到他在厨房里研究新菜式啊,他是怎么赶在我前面返回餐厅的?"

"我刚才也说了,你的一切行动都在梁锦仁的预判之中。"赫子飞再次喝了一口柠檬水,"首先,他知道你每天倒垃圾的时间都固定在十点前后,于是他宣称那几天要研究新菜式,给自己夜晚留在餐厅找好理由。事发当天,在十点之前,他偷偷从厨房溜出来,乔装成猫脸老太太躺在后巷。待你发现'尸体'后,他也知道你的右腿不方便,不太能爬楼梯,所以一定会选择坐电梯去四楼餐厅。而要坐电梯,就必须绕过建筑物来到正门。你走路并不快。他就趁着这个时间,迅速从地上爬起来,脱下乔装道具,立即从边上的后门进入楼梯间,并以最快的速度一口气从安全楼梯爬上四楼,赶在你之前回到厨房,佯装一直在研究新菜式。"

"哦,"吴启终于开始明白过来,"那些面具、长袍，是在跑上来的途中被他藏在楼道里了？"

"是的，他可以藏在一个隐秘的地方，等那晚警察调查结束后，再装进自己包里带走处理掉。"

"不不不，还是不对。"吴启突然想起一件事，开始猛摇头，"按照赫教授您的意思，梁老师假扮坠楼的猫脸老太太，待我离开小巷后，他就回到餐厅了。但是，当时我们在餐厅里，梁老师和我用手电筒确认过，尸体的确就在楼下的小巷啊。如果梁老师已经离开了，那时候我们看到的尸体，又是谁呢？"

赫子飞气定神闲地说道："就是那个会'飞升'的猫脸老太太呀。"

7

"这是个很简单的小诡计。"赫子飞从包里掏出眼镜盒，取出自己的眼镜，并翻出一支记号笔，用它在镜片上画了一个"火柴人"，展示在吴启面前。

"幻灯片?"吴启恍然大悟。

"吴启,你终于开窍了。梁锦仁事先准备了一张透明塑料薄片,在薄片中央绘制出猫脸老太太的彩色身影,随即把这张薄片剪成圆形,贴在手电筒的光筒前面。这样,只要光线从光头射出,因为幻灯片效应,发散的光线就能让老太太的身影放大,并投影在小巷的地板上。我想,梁锦仁应该计算过四楼窗户到小巷地面的距离,绘制出了最合适大小的幻灯片。你那天目击到的猫脸老太太在对面大楼'飞升'的情景,恐怕就是梁锦仁站在窗前,在用刚做好的幻灯片做试验呢。投影跟着光源走,手电筒随便一晃,老太太的身影自然就会跟着快速移动。那时候他以为你倒完垃圾早就回家了,没料到你因为丢了钥匙又折返了回来。

"虽然幻灯片的投影只是一个平面图案,不像全息投影那样有立体感,但当时你们都在四楼,距离较远,又是在情急之下,梁锦仁应该也只是让你亲自看了一眼'尸体'后就马上关掉了手电筒,所以很难发现不对劲的地方。"

"原来是这样……"解开了灵异现象"猫脸老太太飞升"之谜后,吴启一下子释然了,"不愧是赫教授。"

"如此这般,梁锦仁假扮尸体后又再度让你在四楼目击尸体,这一切都是为了让你深信一件事——猫脸老太太在你倒垃圾之前就坠楼身亡了。而在这之前,天台的摄像头没有拍到老太太之外的任何人上过天台。这样,梁锦仁就有了完美的不在场证明。"

"如果真正的猫脸老太太一直待在天台的话,梁老师又是什么时候下手杀人的呢?他没有任何机会啊。"

"他当然有机会,那是唯一的、绝佳的一次机会。"赫子飞停顿了一下,"你还不明白吗?"

"不可能啊,梁老师从来没上过天台,哪来的机会?"

"他上过一次天台的,你忘了?"

"什么?"

"就是跟你一起上去的时候呀!"

吴启突然脸色发青:"不……不会吧。"

赫子飞指着惊慌失措的吴启:"是的,就是在你们从四楼一起上天台的时候。梁锦仁先你一步踏进天台，冲到遮雨台，几乎是当着你的面，将睡着的猫脸老太太推了下去。"

"这——"吴启已经哑口无言。

"我来试着还原一下整个经过吧。"赫子飞继续补充道，"梁锦仁把你拉上天台，待你确认雪地上的脚印后，你们就进入天台。你的腿脚走路慢，他算准了会比你快些抵达遮雨台。并且，遮雨台要比整个天台平面低一米左右，存在一定的视线盲点。他利用这样的地形——机会就在你没赶上来的短短几秒钟内——迅速做出反应，跳下遮雨台，并尽可能地蹲下身子，以降低被你目击行凶过程的风险，再以迅雷不及掩耳之势推人下楼。天台上没有灯，唯一的照明只有微弱的月光和梁锦仁手里的电筒，整个环境对他也非常有利。但我不得不说，他的计划依然很大胆。

"为了掩盖自己行凶时的动静，包括万一对方因抵抗发出喊叫，以及坠楼后和地面的撞击声等，梁锦仁在行凶的瞬间还故意发出一声大叫，谎称是被大黑吓了一跳。而事实刚好相反——是大黑被梁锦仁吓了一跳才对，它目击了行凶过程。是的，那一晚，唯一看到梁锦仁杀人的，只有一只猫。

"那才是猫脸老太太真正的被害时间。等你也爬到遮雨台上之后，梁锦仁顺势打开电筒——当然，是事先放在口袋里的另一个正常电筒——向下照去。因为距离更远，即便尸体的姿势、位置和先前梁锦仁伪装时有什么不一样，也不太会引起你的注意。紧接着，梁锦仁让你去报警，并叫你守在餐厅等警察过来，自己则去保护现场。他真正的目的，只是为了把你支开，自己跑到后巷，尽可能地把尸体摆成和你目击时一致的样子。如果你的证词和真正的尸体有过大的出入，手法就很容易被揭穿。尤其是戴在脸上的猫面具，从高处坠落时很容易脱落。所以他得回到后巷，把面具重新放回老太太脸上。

"猫脸老太太基本每天晚上都会去天台睡觉，所以梁锦仁随便选哪天实施这个诡计都行。只要事先看一下监控录像，确保她在天台。我认为，梁锦仁原本利用这个诡计，只是想通过监控探头来证明自己没机会上天台行凶。但在他准备实施计划前，S市刚好下了一场雪，于是，他想到索性再利用积雪，制造一个'无足迹现场'，使自己的不在场证明更牢固一些。整个诡计，是利用了猫脸老太太易乔装的形象、建筑物和地面的高度落差产生的盲点、你的腿脚缺陷以及对梁锦仁言听计从的性格特征等，组合而成的一出时间差戏码罢了。"

震惊之余，吴启向赫子飞投去钦佩的目光。

"赫教授，我实在搞不明白，你到底是怎么看穿整个诡计的？"

"我虽然厨艺不精，但也算半个吃货吧。"赫子飞意味深长地一笑，"你刚才说，你返回餐厅去厨房的时候，看见梁锦仁正在用铁棒敲打牛肉，是吧？"

"对啊。"吴启不知道赫子飞葫芦里卖的什么药。

"梁锦仁要研发新菜式，我想他当时正在做的，可能是一道闽菜美食——下洋牛肉丸。但是，下洋牛肉丸一般是用菜刀把牛肉剁碎后，再用赤手进行反复拍打，这样丸子才会更柔韧，很少会使用铁棒捶打。或许这个怪异行为的背后，有什么深层次的理由。于是，我试着把所有细节串连起来，最终得出答案——梁锦仁之所以选择如此粗暴的做菜方式，是为了掩饰自己'一口气爬四层楼后气喘吁吁'的状态。当你看到他吃力的样子，只会觉得这是因为他刚才一直在捶打牛肉。"

"赫教授真是神人啊，我彻底服了！"这顿牛排快餐，吴启吃得比米其林三星还有收获。

8

梁锦仁习惯了孤独。

年少时，失去双亲的他被福利机构收养，那里的孩子都跟自己一样，无父无母。

他和他们有很多共同语言。他喜欢和这些人报团取暖。

他喜欢去公园里，找那些野猫玩。因为它们也和他一样，无父无母。

凭借着自己的手艺，他背井离乡，来到大城市，终于有了一家自己的餐厅。大城市里也有许多和他一样孤独的人。孤独是他的良药，是他的安全堡垒，是生活下去的勇气。

在自己的餐厅，他结识了一只大白猫，他给它取名叫大黑。他天天去天台喂它，陪它玩耍。他觉得，自己和大黑相依为命。

直到有一天，一个戴着猫面具的老太太突然出现，承担起了"猫妈妈"的角色——每天给它喂食，甚至大冬天的，也陪它睡在凄凉的天台上。

大黑好像也很喜欢她。

大黑有了自己的妈妈——它和自己不一样了，它不再是孤儿。

他无法忍受。他无法忍受猫脸老太太剥夺了大黑的孤独。

他无法再跟它相依为命，除非……

就像年少时将继母从阳台推下去那样，他并不是第一次做这种事了。

9

吴启将自己的怀疑告诉给警方后,警方便顺着这个方向进行了搜查。

几天后,梁锦仁被逮捕。

但是,梁锦仁始终没有交代他的杀人动机。猫脸老太太的真实身份也仍然成谜。

福鼎门的歇业公告在网上引起热议。

至此之后,大黑失踪了。但在夜幕降临之际,仍然有不少目击者看见那个在深巷徘徊的猫脸老太太。

作者简介

鸡丁,本名孙沁文,85后推理作家,上海作家协会会员,职业动画编剧。

2008年投身推理创作,擅长密室与不可能犯罪题材。作品多刊于《推理》《推理世界》《谜托邦》等国内知名推理杂志,迄今发表短篇推理小说五十余篇。

2021年9月,《载着眼泪的子弹》日文版发表于日本著名的《早川推理杂志》"华文推理特辑";2024年1月,《雪祭》英文版发表于美国殿堂级推理杂志《埃勒里·奎因神秘杂志》。

已出版推理小说《雪祭》《凛冬之棺》《写字楼的奇想日志》、推理漫画《吃谜少女》(1-3),其中《凛冬之棺》日文版于2023年9月由早川书房出版,并入选日本四大年度推理榜单,摘得"本格推理BEST10"海外榜第2名与"周刊文春推理BEST10"海外榜第10名。

图书在版编目（CIP）数据

无名之猫 / 拟南芥等著 . — 北京：北京联合出版公司，2024.6
ISBN 978-7-5596-7585-9

Ⅰ . ①无… Ⅱ . ①拟… Ⅲ . ①推理小说－小说集－中国－当代Ⅳ . ① I247.7

中国国家版本馆 CIP 数据核字 (2024) 第 077823 号

无名之猫

作　　者：鸡　丁　拟南芥　慢 三　塘　璜
出 品 人：赵红仕
策划监制：王晨曦
责任编辑：徐　鹏
特约编辑：华斯比
美术编辑：陈雪莲
营销支持：沈贤亭

北京联合出版公司出版
（北京市西城区德外大街 83 号楼 9 层　100088）
北京联合天畅文化传播公司发行
上海盛通时代印刷有限公司印刷　新华书店经销
字数 86 千字　787 毫米 ×1092 毫米　1/32　6.75 印张
2024 年 6 月第 1 版　2024 年 6 月第 1 次印刷
ISBN 978-7-5596-7585-9
定价：39.80 元

版权所有，侵权必究

未经书面许可，不得以任何方式转载、复制、翻印本书部分或全部内容。
本书若有质量问题，请与本公司图书销售中心联系调换。
电话：010 - 65868687　010 - 64258472 - 800